去年的树

[日] 新美南吉/著　朱芳芳/译

北方联合出版传媒（集团）股份有限公司

万卷出版公司

ⓒ 新美南吉　2021

图书在版编目（CIP）数据

去年的树 /（日）新美南吉著；朱芳芳译. —沈阳：
万卷出版公司，2021.8（2022.3重印）

ISBN 978-7-5470-5606-6

Ⅰ.①去⋯ Ⅱ.①新⋯ ②朱⋯ Ⅲ.①童话—作品集
—日本—现代 Ⅳ.①I313.88

中国版本图书馆CIP数据核字（2021）第011978号

出 品 人：王维良
出版发行：北方联合出版传媒（集团）股份有限公司
　　　　　万卷出版公司
　　　　　（地址：沈阳市和平区十一纬路29号　邮编：110003）
印 刷 者：辽宁新华印务有限公司
经 销 者：全国新华书店
幅面尺寸：145mm×210mm
字　　数：150千字
印　　张：7.5
出版时间：2021年8月第1版
印刷时间：2022年3月第2次印刷
责任编辑：史　丹
责任校对：高　辉
封面设计：弘果文化传媒
封面绘图：孔　雀
版式设计：展　志
内文插图：畅小米
ISBN 978-7-5470-5606-6
定　　价：35.00元
联系电话：024-23284090
传　　真：024-23284448

编者序

周作人先生曾在《童话研究》中评价日本"其民爱物色，多美感，洒脱清丽，童话亦优美可赏。"大概意思是说，日本人民喜欢美的事物，有一双善于发现美的眼睛，因此童话也写得清新优美、富有诗意。

日本天才儿童文学作家新美南吉，被誉为"日本的安徒生"。他从14岁起就开始创作童谣和童话，尽管一生命运多舛、病魔缠身，却始终笔耕不辍，在短短29年的生命里，为全世界的儿童留下了一笔宝贵的精神财富。

南吉的文字生动、精练，往往短短数百字便是一个活灵活现、寓意深刻的小故事。他的童话作品非常强调故事性，起承转合之间曲折有致。他说："应该想到童话的读者是谁。既然读者是小孩而非文学青年，那么今日的童话就应努力回归到故事性上来。"

南吉曾在自己的日记中写道："我的作品包含了我的天性、性情和远大的理想。……假如几百年几千年后，我的作品能够得到人们的认同，那么我就可以从中获得第二次生命！从这一点上来说，我是多么幸福啊！"结果正如他所愿，在他逝世后，他的作品不仅在多个国家出版、畅销，还有多篇作品入选日本、韩国、中国大陆以及中国台湾地区的语文教材，给无数少年儿童予以心灵的启迪。他的灵魂，在他的作品中得到了永生。

本书辑录了日本著名童话大师新美南吉的三十余篇优秀作品，并根据故事的内容以及蕴含的哲理精心分为三个部分。

第一部分的小故事普遍叙事简练生动，格调清新明快，充满了孩童的天真和对未知世界的好奇，引导孩子们发散想象力，学会自己独立思考，并在故事中找到关于成长的各种问题和答案。

第二部分围绕"爱"这个主题，收录了新美南吉最著名、最感人的几篇童话故事，教会孩子们珍惜友情、信守承诺，感悟亲情、学会爱爸爸妈妈，还有善待小动物、用爱心呵护它们，让孩子的心灵洒满爱的阳光。

第三部分的寓言故事篇幅相对较长，蕴含的哲理较为深刻，帮助孩子们树立正确的道德观、价值观，明辨是非对错，令孩子在阅读过程中形成良好的成长导向，让善良、正直、诚实、乐于助人的美好品德为孩子今后的人生奠基。

翻开本书，您将会看到一个由爱与美构筑的世界。谢谢新美南吉，谢谢他给我们留下了这么多好看的童话。南吉的文字清浅温柔，处处体现着善良博大的人道主义情怀，书中的每一篇故事都能让人感受到其中饱含着的细腻情感，充满了浓浓的人情味与诗情画意，还有一丝淡淡的怅然和忧伤。小朋友的世界清新纯净，天真美好，连成年人读到这些故事都会不禁露出笑容，想起那些久远的事，重拾儿时的天真单纯。

忽然，从远处传来一个嘹亮的响声"当——"。

"咦，这是什么声音？"

接着又是一声："当——"小鹿竖起耳朵仔细听。随后，它循着那声音向山脚跑去。

山脚下是一片广阔的原野。盛开的樱花散发出阵阵幽香。

一位和蔼可亲的老爷爷坐在樱花树下。

老爷爷看到了小鹿，便折了一枝樱花，别在小鹿幼小的鹿角上。

"呵呵，给你一根簪子。天黑以前快回山里去吧。"

在一盏煤油灯旁，坐着一个小女孩。小鸟问女孩儿："小姑娘，你知道火柴在什么地方吗？"

小女孩轻声说："火柴已经被烧掉了。可是，火柴点燃的火，还在煤油灯里面亮着。"

鸟儿睁大眼睛，盯着火苗看了一会儿。随后，它一边看着灯火，一边唱起了去年唱过的歌儿。火苗轻轻地晃动着，看起来很高兴的样子。

唱完了歌儿，鸟儿又对着火苗静静地看了一会儿，然后就不知道飞向何处了。

这时候，传来一个小孩子的问话声："妈妈，今夜这么寒冷，森林里的小狐狸会冻得呜呜哭的吧？"

妈妈答道："森林里的小狐狸啊，正听着狐狸妈妈的摇篮曲，在山洞里面乖乖地睡着呢。好了，宝宝，你也快点睡吧。看看小狐狸和宝宝哪个睡得快，准是宝宝更快入睡呢。"

听到这儿，小狐狸忽然想起了自己的妈妈，它飞快地朝妈妈奔去。

狐狸妈妈一直在提心吊胆地等着小狐狸归来。一看见小狐狸回来了，她高兴地把小狐狸搂进自己温暖的怀里。

然而有一天，阿钱因一件小事，惹恼了叔叔。

叔叔向来不喜欢狗，便趁此机会想要赶走阿钱。

"叔叔，饶了阿钱吧，它不是故意的，它什么都不知道才做了错事……"坦吉哀求着叔叔。

哥哥和婶婶也为阿钱说好话，然而固执的叔叔谁的意见也不听。叔叔并非无情之人，只是由于他讨厌狗，才会这样。

坦吉一边哭一边想，暑假还剩下一个礼拜就结束了，若是阿钱再晚一个星期调皮该有多好……那么我就可以带它回家了……

这是一张漂亮的方形书桌，上面摆着一只绿色的闹钟、一只布熊和一台罩着蓝色灯罩的台灯。一位白净可爱的小女孩正趴在书桌上写明信片。

"妈妈，顺便写一张寄给乡下的阿富吧！"小女孩征求妈妈的意见。

"好啊，写吧。"

顺着落叶松之间的一条小路，男孩奋力向上攀登。他的脚步声惊醒了冬天的雷鸟，它们扑棱着白色的翅膀，从路旁的雪地上啪啪地飞过。

山越爬越陡，风也越来越猛。刺骨的寒风吹得男孩直流眼泪，他的手冻得又红又肿，耳朵也好像要冻掉了似的，生疼生疼的。

蟹江村的人们拿着铁锹到山里来寻找男孩了。他们来到悬崖下面的深沟时，看见雪地上露出了一只早已冻僵了的小手，手里面还紧握着一张明信片。

第一辑

第二辑

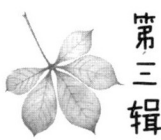

第三辑

第一辑

流　星

一个天寒地冻的深夜，北风肆虐，天空中的三颗小星星吵起来了。平日里，这三颗星星彼此都是好朋友。今晚就因为中间那颗小星星总是喊冷啊冷什么的，所以其余两颗星星就嘲笑起它来。

夜鹭冲着下面冰雪覆盖的田地"呜"地叫唤了一声。刹那间，位于中间的那颗星星，一声不响地急速向下冲去。

"它去什么地方了啊？"

"怎么也不说一声呀！"

"可能是害怕天气冷，买手套去了吧？"

"嗯嗯，很快就会回来的。"

余下的两颗星星尽管嘴上这么说，可心里却放不下：那颗星星是不是受不了它们俩的嘲笑，才消失不见的呢？

很长时间以后，消失的那颗星星仍然不见踪影，因为它是一颗流星。

又过了一个多月，某天晚上，留下来的两颗星星仍在到处寻找消失的那颗星星。

"你看，在那里。"

"嗯？在什么地方？"

"那边，就在那里。"

在远处一座镇子里的某条小路上，好像有个东西一闪一闪的。

"我们去瞧瞧吧。"

"好呀。"

两颗星星从高高的天空降落到了北风肆虐的村镇中。可它们的期望还是落空了。

原来，那一闪一闪的东西并不是那颗消失不见的星星，只不过是一块玻璃碎片而已。

这天晚上，夜鹭依旧在田里"呜——呜——"地鸣叫着。

一束火苗

小的时候，我家住在山脚下的一个小山村里。家里是做灯笼和蜡烛生意的。

有一天晚上，一个牛倌来我家买灯笼和蜡烛。

"小朋友，麻烦你帮我点上蜡烛吧。"牛倌对我说。

在那之前，我还从未划过火柴呢。

我有些紧张地拿起火柴杆，划了一下。火柴头立即冒出了一团蓝色的火苗。

我将火苗移到蜡烛上面。

"哎呀，太感谢了！"牛倌说着，将点亮的灯笼挂在牛的旁边，然后走了出去。

留下我自己一个人，陷入了思索：我点燃的火种，将会跑到哪里去呢？

那牛倌是大山对面的人，所以火也要跟着他越过山岭吧？

牛倌在山里也许会遇上去其他村子的人吧？

那个行人大概会说："打扰了，可以借一下你的火吗？"说着，他借来牛倌的火，将自己的灯笼点亮。

后来，这个行人又会走上整整一夜的山路吧？

他大概会遇见很多拿着锣鼓的人，那些人也许会说："我们村的一个孩子被狐狸骗走了，没有回村里。我们正在找他呢。麻烦你借火给我们点一下灯笼吧！"

说着，他们跟行人借了火，又点亮了自己的灯笼。长灯笼和圆灯笼都会被点亮的吧？

之后，这些人便敲锣打鼓，去山谷里找孩子了吧？

迄今为止我还在思索：那时我给牛倌点亮的一束火苗，一个接一个地传递着，或许传到很远的什么地方了吧？

谁的影子

城镇中央的空地中，有一个圆形的影子。

恰巧有两个孩子从影子旁边经过。

有一个孩子问道："这是谁的影子呢？"

另一个孩子歪着头说："不清楚啊，是谁的呢？"

说完，两个孩子就离开了。

一只停在邮筒上的麻雀说："那影子是我的啊！"

邮筒嘿嘿一笑，接着说："那么，你飞起来看看啊！"

麻雀随即飞了起来，然而空地中央的影子纹丝未动。

"你看嘛，即使你飞了起来，影子还是在原地，分明不是你的影子嘛！"邮筒说。

"那它是谁的影子呀？"

"当然是我的了！"邮筒笑着说。

这时，站在邮筒背后的路灯不禁大笑起来："你后面那道歪歪斜斜的影子才是你的影子哩！"

邮筒转头看过去，后面果然有一条歪歪斜斜的影子，它立即羞红了脸。

"那个影子呀，是我的！"路灯说。

这个时候，一阵爽朗的笑声响彻在空地上空。大家抬头看去，原来是一只飘浮在高空中的气球。

"路灯，你身后那条细长的影子才是你的影子呢。"气球扬扬自得地说："看好了，那是我的影子！"

是呀，瞧影子那圆圆的形状，的确很像是气球的。这么一看，它的圆影子还真是很神气啊！麻雀、邮筒和路灯羡慕地望着气球和它圆圆的影子。

不过，日落以后，空地中央的圆影子就不见了。

大家这才恍然大悟，原来太阳才是影子的创造者。

蜗　牛

一只刚出生不久的蜗牛宝宝趴在一只大蜗牛的背上。蜗牛宝宝很小，小得仿佛透明一般。

"儿子啊，儿子，天都亮了，快睁开眼睛吧。"大蜗牛对蜗牛宝宝喊道。

"下雨了吗？"

"没有。"

"刮风了吗？"

"没有。"

"真的？"

"真的啊。"

"好吧。"蜗牛宝宝的头上面忽地露出了一双细长的眼睛。

"孩子，你头上有个大东西吧？"蜗牛妈妈问道。

"嗯，什么东西这么刺眼呀？"

"那是绿绿的叶子呀。"

"叶子？活的吗？"

"是呀，不过没关系，它不会伤害你的。"

"啊，妈妈，叶梢上有个圆球一闪一闪的。"

"那是朝露，好看吧？"

"真好看啊！好漂亮！圆圆的形状。"

忽然，朝露离开叶梢，掉了下去。

"妈妈，朝露逃走了。"

"是掉下去了。"

"可它还会再回到叶子上来吗？"

"不会的，掉下去之后，朝露就摔碎了。"

"哎呀，太无聊了。啊，白色的叶子飞走了。"

"那不是叶子，是蝴蝶哟。"

蝴蝶从叶子间飞过，飞向高高的天空。直到蝴蝶飞得无影无踪，蜗牛宝宝这才问道："那是什么？从叶子间可以远远望见的东西？"

"是天空呀。"蜗牛妈妈回答道。

"天空中都有谁呀？"

"哎哟，这个妈妈就不清楚了。"

"天空那边有什么东西呀？"

"这个嘛，妈妈也不知道啊。"

"哈哈！"原来连妈妈也不了解这神秘的天空啊，小蜗牛努力瞪大细长的眼睛，向着远处的天空望了好久好久。

蜗牛的悲哀

从前，有一只小蜗牛。

一天，小蜗牛想到了一件很苦恼旳事："我一直以来都没有注意到，我背上的壳里面，竟然装满了悲哀啊！"

这些悲哀该如何处理才好呢？

于是，小蜗牛去找它的蜗牛朋友，对朋友说："我实在无法生存下去了。"

蜗牛朋友问它："发生什么事了啊？"

小蜗牛说："我是多么倒霉啊！我背上的壳里装满了悲哀。"

听了小蜗牛的话，蜗牛朋友开口道："不只是你，我背上的壳里也满是悲哀。"

小蜗牛心想，真没办法啊。它只好又去找别的蜗牛诉苦。

没想到其他的蜗牛朋友也说："不只是你，我背上的壳里也装满了悲哀啊。"

听了朋友的话，小蜗牛又再去找别的朋友。

于是，小蜗牛问遍了所有的好朋友，但是，不管是哪个朋友，都说了同样的话。

最后，小蜗牛想明白了。

"原来不只是我，每个人都有自己的悲哀啊。我必须承受我的悲哀才行。"

从此以后，小蜗牛便不再唉声叹气了。

小和尚念经

山里寺庙的老和尚生病了，于是，他派小和尚替他去施主家里诵经。

由于害怕忘了经文，一路上小和尚边走边念着：

归命，

无量，

寿如来。

忽然，在油菜花田中，有一只兔子喊道："小和尚！素衣打扮的小和尚！"

"什么事啊？"

"跟我一起玩吧。"

于是，小和尚就跟兔子一块儿玩耍起来。

过了不久，小和尚忽然喊道："哎呀，坏了。我忘记了经文！"

这时，兔子急中生智，教他说："既然忘了，那就不要念经了，唱一句'对面的小路，牡丹花儿开'吧。"

随后，小和尚来到了施主家，按照兔子教给他的那样，在亡灵跟前唱了起来：

> 对面的小路，
> 牡丹花儿开。
> 开了开了，
> 牡丹花儿开。

大伙儿一听，惊讶地瞪大了双眼，哈哈大笑起来。如此可爱的经文可是从来都没听过的呀！

念完经文，施主一本正经地给了小和尚一些馒头当酬劳，还说："给您，实在是辛苦您了。"

"多谢招待。"

小和尚把馒头放到衣服里。

在回去的路上，小和尚又把馒头拿出来一半，送给了刚才的那只小兔子。

乡村的春天，山里的春天

原野的春天来了。

樱花盛开，鸟声啾啾。

然而，山里的春天还没有到来。

山顶上落了一地白白的雪。

小鹿一家就住在山里头。

刚刚出生不到一年的小鹿，还不知道什么是春天哩。

"爸爸，春天是什么样子的呀？"

"春天来临的时候，花儿都会绽放。"

"妈妈，花儿长什么样呀？"

"花儿啊，那是很美丽的东西呢。"

"真的吗？"

可小鹿因为没见过花儿，所以它既不知道花儿长什么样子，也不知道春天是怎样一番景象。

有一天，小鹿独自在山里面闲逛。

忽然，从远处传来一个嘹亮的响声"当——"。

"咦，这是什么声音？"

接着又是一声："当——"小鹿竖起耳朵仔细听。随后，它循着那声音向山脚跑去。

山脚下是一片广阔的原野。盛开的樱花散发出阵阵幽香。

一位和蔼可亲的老爷爷坐在樱花树下。

老爷爷看到了小鹿，便折了一枝樱花，别在小鹿幼小的鹿角上。

"呵呵，给你一根簪子。天黑以前快回山里去吧。"

小鹿兴高采烈地回到了山里。

鹿爸爸和鹿妈妈听了小鹿的讲述，异口同声地说："'当——'的声音，是寺里的钟声呀！"

"你角上插着的'簪子'，就是花儿啊！"

"当百花开放，香气扑鼻的时候，春天就来了！"

过了不久，山里迎来了春天，各种花儿都绽开了笑颜。

小牛犊

有一天，小牛犊告诉牛爸爸和牛妈妈："爸爸，妈妈，我觉得全身好痒啊。"

牛爸爸和牛妈妈开心地说："孩子，那是因为你身上要长出什么东西来了，所以你的身体才会发痒。在那东西长出来之前，你就去小山坡南面的油菜花田里坐着吧，去吧。"

听了妈妈的话，小牛犊朝着油菜花田走远去了。

小牛犊离开之后，牛妈妈高兴地对牛爸爸说："孩子他爸，我们的孩子是世界上最漂亮的小牛犊了，它一定会长出如池塘里的天鹅般好看的白翅膀！"

然而，牛爸爸却晃了晃头说："那怎么可能呢？我们兽类是不可能长出翅膀的，兽类长出来的肯定是犄角。不过，咱们的小家伙这么勇敢，一定会长出鹿一般威武的犄角！"

"啊？不行，那多丑啊！我那可爱的孩子怎么会长出那么难看的东西呢？一定会长出翅膀来的。我的孩子如果长不出翅膀，我就把我这条尾巴给它！"

"谁要你那条奇形怪状的破尾巴啊！还没有破绳头儿好看呢。可你要是这么说，我也不甘示弱了。如果孩子长不出鹿角来，我就把我的蹄子给它！"

听了这话，牛妈妈摇了摇大脑袋，说："路边的破碗片都比你的蹄子厉害！"

不久以后，小牛犊从南面油菜田里出来了，它的头上既没长出天鹅的翅膀，也没长出鹿角，而是长了一对非常普通的牛角。当小牛犊回到爸爸妈妈身边时，牛爸爸和牛妈妈都兴奋地眨着眼睛，一齐夸道："天哪，真好！多么好看的牛角啊！"

两只青蛙

一只绿青蛙和一只黄青蛙在田野的中央相遇了。

绿青蛙说："哈哈，你怎么是黄色的呀？这个颜色好老土啊！"

黄青蛙说："绿青蛙！你认为你的绿色很美吗？"

两只青蛙就这样互相挖苦，说到最后便动起手来。

绿青蛙擅长跳跃，它一下子跳到了黄青蛙的后背上。

不甘示弱的黄青蛙用后腿扬起了沙子，绿青蛙只好不断地擦掉眼中的沙子。

这时，一股凛冽的寒风吹过。

两只青蛙这才意识到，冬天马上就要来了，它们该钻到地下去冬眠了。

"等到了春天，咱们再接着打架吧。"说着，绿青蛙一下子钻到了泥土中。

"说话要算数哟！"

黄青蛙也钻进了泥土中。

寒冷的冬天到了，青蛙们都钻进了土里。寒风刺骨，地面上结了厚厚的冰。

春天来了，万物复苏。

在地底下冬眠的青蛙们，感觉背上的土变得温暖了。

绿青蛙最先苏醒过来。它从土里钻到地面上的时候，其他青蛙还没有醒呢。

于是，它冲着泥土呼喊："喂，快起来！春天来了。"

黄青蛙听到叫声，也从土里蹦了出来。

"哎呀，已经是春天了吗？"

绿青蛙问道："你还记得去年打架的约定吗？"

黄青蛙回答："等一下，让我先把身上的土洗下去再说。"

两只青蛙来到水塘边，满塘都是清澈的泉水。它们陆续跳了下去。

一番梳洗之后，绿青蛙眨着大眼睛说："看呀，你身上的黄色真好看！"

黄青蛙也看了一眼绿青蛙，说道："洗过之后，你的绿色也很漂亮啊！"

于是，两只青蛙不约而同地说："咱俩还是和好吧！"

看来，人也好，青蛙也罢，只要美美地睡上一觉，心情都会好起来的。

鹅的生日

在一户农家的后院里，住着小鸭子、白鹅、土拨鼠、小兔子和黄鼠狼等动物。

有一天，大白鹅要过生日，它邀请了小伙伴们来家里做客。

如果叫上黄鼠狼的话，大家伙儿就聚齐了。可是，究竟该不该让黄鼠狼也来呢？这让小伙伴们伤透了脑筋。

其实黄鼠狼心地并不坏，只是它有一个坏毛病，而且这个毛病呀，还是个没法当着别人面说的坏习惯。到底是什么坏毛病呢？其实，就是黄鼠狼喜欢放屁，还是放又响又臭的屁。

可是如果不请黄鼠狼的话，它一定会生气的。

于是，小兔子作为代表前去邀请黄鼠狼。

"黄鼠狼，今天是大白鹅的生日，请你也一起去给它庆祝生日吧。"

"啊，好啊。"

"不过，黄鼠狼，我们大家对你有个请求。"

"什么请求呀？"

"实在是不好意思，请你今天千万不要放屁，好吗？"

听了这话，黄鼠狼羞得脸一下子红了："那好吧，一言为定。"

就这样，黄鼠狼也来参加大白鹅的生日宴会了。

宴会上的食物很丰盛，有胡萝卜、黄瓜皮等。大家都吃得兴高采烈，黄鼠狼也同样吃了个酒足饭饱。

大家觉得非常开心，因为自始至终黄鼠狼一个屁也没放。

可没想到的是，过了不一会儿，黄鼠狼突然翻了个身，晕倒在了地上。

这下糟了！土拨鼠大夫赶紧跑过来，诊察黄鼠狼那鼓胀的肚子。

"大家听我说，"土拨鼠望着大伙儿关切的样子说道，"黄鼠狼本来很想放屁，可它一直拼命忍着，结果憋得晕倒了。要想救治它的话，就让它痛快地放屁吧。"

哎呀，听到土拨鼠的话，大家面面相觑，不约而同地叹了一口气，好像在说："看来，还是不该邀请黄鼠狼啊。"

螃蟹的生意

螃蟹在经过一番冥思苦想之后，打算开一家理发店。对一只螃蟹来说，能够想到这个点子实属不易。

可是，让螃蟹苦恼的是，理发店开业之后，生意却很是冷清，连一位上门的顾客都没有。

于是，理发师螃蟹带着剪刀，走到了海边。

有一只章鱼正在午睡。

螃蟹喊道："喂！章鱼先生。"

章鱼醒了，问道："干什么呀？"

"我是个理发师，你需要剪发吗？"

"我哪里有头发啊，你仔细看看。"

螃蟹仔细端详了一下章鱼光秃秃的头，一根毛都没有。无论螃蟹是多么优秀的理发师，都没办法剪好没有头发的光头啊！

之后，螃蟹又来到了山里。有一只貉子正在睡午觉。

"喂！貉子先生。"

貉子睁开眼睛，说："有事吗？"

"我是个理发师，可以为您效劳吗？"

貉子比较调皮，它忽然想出了一个馊点子。

"好啊，那你剪吧，不过，你还得答应我，给我剪完之后，也帮我的爸爸理个发。"

"好呀，没问题。"

螃蟹十分开心，终于到它展露才华的时候了。

"咔嚓，咔嚓，咔嚓"。

可是，螃蟹的体格跟貉子比起来，实在显得太小了，而貉子浑身都是毛，螃蟹无法剪得很快。它拼命地剪啊剪，累得直吐泡泡。足足花了三天的工夫，才终于给貉子理好了发。

"那么，按照我们之前说好了的，请帮我爸爸也剪剪头发吧。"

"请问，您的父亲有多高呢？"

"像那座山一样高吧。"

螃蟹一下子愣住了，这么高的话，它一个人肯定是剪不完的呀。

于是，螃蟹就让自己的子孙们也都成了理发师。不仅是儿子，孙子、曾孙……它让后代们都当了理发师。

正因如此，就连我们在路边见到的小螃蟹，都拿着一把小剪刀哩。

红蜡烛

一只山里的小猴子跑到村里去玩，在村子里面捡了一根红蜡烛。

红蜡烛可不是什么常见的东西，猴子误以为是烟花呢，便小心翼翼地带回了山里。

这下山里头可热闹了。因为不管鹿、狮子、兔子也好，乌龟、黄鼠狼、狸猫、狐狸也罢，大家谁也没有见过烟花这种东西，都以为猴子捡回来的就是烟花呢。

"哟！了不得啊！"

"真好看！"

鹿、狮子、兔子、乌龟、黄鼠狼、狸猫、狐狸一下子拥过来，争先恐后地要看红蜡烛。

猴子赶忙说："危险啊，小心点儿！保持距离，它会爆炸的。"

大家赶忙向后躲去。

猴子对大家说，烟花点燃之后，会先发出"砰"的一声巨响飞上天去，然后在天空中绽放出美丽的光华。

听了猴子的讲述，小动物们都很想亲眼见识一下美丽的烟花。

"既然大家都这样期待，那我们晚上一起到山顶去看烟花吧。"

大家都兴奋地沉醉在幻想之中，仿佛眼前"嘭"的一声，就出现了如星星般绽放开来的烟花。

好不容易等到了晚上，小动物们兴高采烈地爬到了山顶上。

猴子早已把红蜡烛绑在了树枝上，期待着大家一同来观赏。

就要放烟花了，却遇到了一件难办的事：大家都想看烟花，可谁也不想去点火。

可这样就无法让烟花绽放了呀。大家讨论一番之后，打算通过抽签的方式来决定谁去点火。

先是乌龟被抽中了，它无奈地爬向烟花。可还没爬到烟花旁边呢，它就不由自主地把头缩进龟壳里，无论如何都不肯出来了。

小动物们只好又重新抽签。这一次抽中了黄鼠狼。黄鼠狼比乌龟胆子大，它倒是没有缩头缩脑。可它是个大近视，围着烟花看了半天也没把它点着。

最后，野猪冲了出来，它可真是个勇敢的野兽，冲到前面把火点着了。

　　大家吓得慌慌张张地躲进草丛中，捂住了自己的耳朵。不仅是耳朵，连眼睛都捂严实了。

　　可惜蜡烛没有飞上天，就那样安安静静地燃烧着。

糖　球

春暖花开的一天，一位母亲带着两个年幼的孩子搭上了渡船，要去远行。

渡船即将开走的时候，岸上一名武士急匆匆地跑过来，边跑边挥手喊道："喂，等一下！"

武士跑上了渡船。

渡船启航了。

武士一屁股坐在了船中间的位置上。温暖的阳光照耀着，看他样子很是惬意。没多久，他便睡着了。

看到威猛的黑胡子武士前后晃动地打着盹儿，两个孩子觉得很好笑，不禁哈哈笑了起来。

母亲赶紧用手捂住孩子们的嘴，说："小点声儿。要是把武士惹生气了，就完蛋了。"

孩子们一下子安静了。

过了不久，一个孩子伸出手对妈妈说："我要吃糖球。"

另一个孩子听见了，也说："妈妈，我也要糖球。"

母亲拿出一个纸包。可纸包里面只有一粒糖球了。

"给我吧！"

"给我吧！"

两个孩子都想吃糖球，但是糖球就只剩下一粒了，母亲左右为难。

"好了，孩子们，乖啊！等一会儿到了对岸，妈妈再给你们买糖球吃啊。"

可孩子们不听，还是"我要嘛！我要嘛！"地喊着。

就在这时，打盹儿的武士忽然醒了，他看了一眼孩子们。

母亲吓了一跳，猜想是不是孩子们把武士吵醒了，他要发脾气了啊。

"不要吵了！"

母亲连忙制止两个孩子。

可是，孩子们一句话也听不进去。

武士站了起来，"嗖"地一下拔出佩刀，来到母亲和孩子们跟前。

母亲顿时吓傻了，赶忙用双手护住两个孩子。她以为武士要伤害她的孩子们呢。

"把糖球给我！"

武士下了命令。

母亲哆哆嗦嗦地将糖球递给了武士。

武士拿起糖球，放在船帮上，用刀"咔嚓"一声把糖球劈成了两半。

"给你们！"

他分给了两个小孩一人一半。

随后，武士又坐回到原来的位置上，继续前仰后合地打起盹儿来。

喜欢孩子的神仙

有一个神仙很喜欢孩子。他经常来到大森林里唱歌，吹笛子，跟小鸟和野兽一同玩耍，有时候还在附近的村子里，陪着小孩子们做游戏。

然而，神仙一次也没有现过身，所以小孩子们都不知道他长什么模样。

一天早晨，雪后初晴，孩子们在白色的雪地上疯跑着。其中一个孩子说："让我们在雪上留下笑脸吧！"

于是，十三个孩子一齐弯下腰，把圆嘟嘟的小脸贴到了白雪上。等他们抬起头，一个个笑脸就印在了白白的雪上。

"一、二、三、四……"

一个孩子低下头数着印在雪地上的一张张小脸。

"天哪！这是怎么回事？怎么有十四张脸呢？"

一共就十三个孩子，不可能有十四张脸啊！

一定是那个神秘的神仙又来到了孩子们中间，和他们一起在雪地上留下了笑脸印记。

顽皮的孩子们互相使了个眼色，商量着如何才能抓到神仙。

"我们来玩打仗吧，好不好？"

"好！好！"

一个身材壮实的孩子装扮成指挥官，其余的孩子当士兵，整齐地站成了一排。

"全体立正！开始报数！"指挥官喊道。

"一！"

"二！"

"三！"

"四！"

"五！"

"六！"

"七！"

"八！"

"九！"

"十！"

"十一！"

"十二！"

从一数到了十二，按理说数该报完了。可是，就在第十二个孩子报完数之后，又传来了一个悦耳动听的声音："十三！"

一听到这声音，孩子们赶紧团团围在第十二个孩子周围，喊道："啊，神仙在这呢，快来抓呀！"

神仙吓了一跳，要是被这些顽皮的小鬼抓住了，那麻烦可就大了。

神仙匆忙地从一个大个儿孩子的挎下逃了出来，慌慌张张地向树林里跑去。可由于实在太着急了，一不留神丢下了一只鞋子。

在雪地上，孩子们找到了那只还带着体温的小红鞋。

"闹了半天，神仙竟然就穿这么小巧的鞋子呀！"

孩子们哈哈大笑起来。

从此以后，神仙就很少离开森林，到人住的地方去了。可它还是特别喜欢孩子，每次孩子们到林子里做游戏的时候，它总会从林子里面"喂——喂——"地跟孩子们打招呼。

马棚边上的油菜花

马棚的窗外长了一些油菜。

油菜花虽然还没有绽放，可它已经结出了许多花蕾。

春天即将来临，马棚前的阳光日益温暖，黑土地的地气也渐渐升腾起来。

在芳香的氛围中，油菜花苞一点点地长大了。

"马上就要开花了！"一朵花蕾小声说道。

"嗯，过不了多久就可以看见外面了！"另一朵花蕾也说道。

它们从来没见过外面的世界呢，既不知道世界有天地之分，中间住着聪明的人类以及被称作小鸟的温柔动物，也不知道自己即将蜕变为优雅的花朵。

每朵花蕾都在思考：外面的世界是什么样的呢？

这时，今年的第一只云雀飞出对面的麦田，冲上了云霄。它高高地飞翔着，在即将消失不见的时候，唱起了好听的歌儿。

"叽叽——喳喳——叽叽——喳喳——"

云雀的叫声仿佛天上金色的细雨，洒落在了马棚旁边的油菜上。

"多么动听的歌声啊！"

"谁唱出了这么好听的歌曲呢？"油菜花蕾们听得入神，小声议论着。

忽然，一个粗重的声音在花蕾们的头顶上响起："那是云雀。"

花蕾们大吃一惊，陷入了沉默。不一会儿，它们打破沉寂，又小声地说起了话："刚才是谁在粗声粗气地讲话啊？"

"一定是个令人害怕的家伙。"

这时，刚才那个粗重的声音又说道："我是马，不会让你们感到害怕的。"

然而，花蕾们还是不了解究竟什么是"马"。柔如薄雾的春雨，接连下了两三天。雨停之后，天气变得比之前更加暖和了。

这时，最顶上的一朵花蕾终于苏醒了，变成了花朵。紧接着，花蕾们一朵接一朵地绽放了。

"哎哟，好刺眼啊！"

起初，每朵花蕾都这样喊道。因为它们第一眼看到的世界，是那样的光彩夺目！

过了片刻，习惯了强光的油菜花们环顾周围，看到了树、田地、道路、房子、天空和水。所有的一切看上去都是那样美丽，花朵们为自己来到这样的世界而感到兴奋。花朵们你看看我，我看看你，嗅着对方身上散发出来的香气。当它们看到自己穿着的黄色外套，一点儿也不输给其他花草树木时，就更加喜出望外了。

忽然，它们头顶上传来了一个声音："天哪，你们好美丽啊！"

这声音好熟悉啊，花朵们看到一匹和蔼亲切的马从马棚的窗口里探出脑袋来。它们原以为马很吓人呢，没想到却这么友善。

"马阿姨，世界真的好美丽啊！"花朵们感叹道。

"是呀，我也很想让我的小马驹早点看到美丽的世界呢！"马阿姨答道。

"啊？阿姨，您要生小马驹了？"

"已经生下来了。可它还在睡觉，还没睁开眼睛呢！"

花朵们好想瞧一瞧小马驹，可窗户那么高，它们怎么都看不到啊！

"哎哟，花朵宝宝们！"

这时，马阿姨说话了。

"好像还有一朵含苞待放的花蕾啊？"

花朵们惊讶地环视周围。

"哪里？在什么地方？"

"向那儿看，它在那里呢！"

花朵们向那边看去，油菜株上真的还有一朵未开花的花蕾。

"这是怎么回事啊？"

"也许还在熟睡吧？"

"它也许还不知道我们都苏醒了吧？"

"大概它还不知道春天来了的消息吧？"

于是，花朵们便去呼唤那朵未开花的花蕾。

"未开花的花蕾，春天已经来了！你快出来吧！"

这时，只听花蕾回答说："我早就苏醒了。"

"哟，真的吗？你快出来吧。"

过了一会儿，那朵花蕾绽开了，从里面钻出来一个东西。花朵们惊讶极了，因为它穿着洁白的衣服，与花朵们的黄衣裳完全不同。

"天哪，到底是怎么回事？为什么你的花瓣儿是白的？"一朵花好奇地问。

这时，窗户里的马阿姨告诉花朵们："它呀，是蝴蝶。"

那的确是一只蝴蝶。它跟花朵不一样，有一双可以自由飞翔的翅膀。后来，蝴蝶的翅膀硬了，它乘着风时而飞过马棚的屋顶，时而又飞过小河。因为蝴蝶是油菜花朵们一起长大的玩伴，所以它们的关系也非常融洽。

"蝴蝶！"飞不起来的花朵们说，"小马驹不知道醒了没有，你可以去看看它吗？"

于是，蝴蝶马上从窗口飞进了马棚。

"马阿姨，你好呀！"

"哎哟，是蝴蝶啊，你好！"

"小马驹醒了吗？"

"今早才睁开眼睛。"

蝴蝶一眼望去，原来小马驹正在地上的干草里，乖巧地瞪着滚圆的大眼睛呢。

第二辑

去年的树

一棵树和一只小鸟是好朋友。小鸟每天都给树唱歌，树也从早到晚听着小鸟歌唱。

一转眼，寒冷的冬天即将到来，小鸟不得不跟树告别，飞到远方去过冬。

树对小鸟说："再见了，小鸟，请你明年再来给我唱歌吧。"

鸟儿说："好的，你要等着我啊！"

之后，小鸟向南方飞去。

第二年，春天又来了。原野上和森林里的积雪融化了。

小鸟又飞回到了好朋友——去年的那棵树那儿。

可是，这里发生了什么事？树不见了。只留下树根在那里。

"立在这儿的那棵树，去了什么地方啊？"鸟儿问树根。

树根答道："伐木人用斧子把树砍倒，运送到山谷里去了。"

于是，小鸟向山谷深处飞去。

山谷里有一座大工厂，里面传出了"沙——沙——"的锯木头的声音。

小鸟停在工厂的大门上。它问大门："你知道我的好朋友树在哪里吗？"

门说："树啊，在工厂里被锯成细条儿，做成火柴，运到那边村子里卖掉了。"

鸟儿赶忙向村子里飞去。

在一盏煤油灯旁，坐着一个小女孩。小鸟问女孩儿："小姑娘，你知道火柴在什么地方吗？"

小女孩轻声说："火柴已经被烧掉了。可是，火柴点燃的火，还在煤油灯里面亮着。"

鸟儿睁大眼睛，盯着火苗看了一会儿。随后，它一边看着灯火，一边唱起了去年唱过的歌儿。火苗轻轻地晃动着，看起来很高兴的样子。

唱完了歌儿，鸟儿又对着火苗静静地看了一会儿，然后就不知道飞向何处了。

形影相随的蝴蝶

在街角的一边，有一位卖气球的老爷爷。他卖的那束气球什么颜色都有：红的、蓝的、黄的、紫的……一只只圆气球互相碰撞，随风飘动。

有一只白蝴蝶，每天都会飞到气球中间来，跟气球们一块儿玩耍。

在众多的气球当中，白蝴蝶跟一只红色的小气球最要好。

有一天，一位背着小娃娃的阿姨走过来，花了一分钱买走了小红气球。

小红气球离开的时候，对蝴蝶说："蝴蝶，再见啦！"

可白蝴蝶却说："不，我要跟着你。"

于是，白蝴蝶拍着翅膀，跟在小红气球的后面。

带娃娃的阿姨走过林荫道，朝着公园里面走去。红气球被一根细线牵着，跟在阿姨的后面，而白蝴蝶则跟在红气球的后面。

阿姨进了公园，在一张长椅上坐下来，轻声地哼唱起了摇篮曲：

　　　　睡吧，安睡吧。

　　　　睡吧，安睡吧。

　　不过，小娃娃还没睡着，她自己倒先迷迷糊糊地打起盹儿来了。

　　白蝴蝶有些担忧地问红气球："你接下来要去什么地方呢？"

　　红气球说："我也不清楚哩。"

　　这时，阿姨无意间松开了拴着红气球的细线。红气球开始向空中飘去。

　　白蝴蝶也紧紧跟随着红气球飞了起来。

　　"我还不知道会飘到什么地方去呢！蝴蝶，你回去吧！"红气球说。

　　"不，我一定要跟着你。"白蝴蝶说。

　　白蝴蝶跟着红气球越飞越高，从上面往下望去，房子小得像积木一样。

　　"别再跟着我了，我还不知要飞到什么地方去呢！"红气球又说。

　　可是，白蝴蝶还是跟红气球形影相随。

　　过了不久，红气球和白蝴蝶就都无影无踪了。

树的节日

树上开满了漂亮的白花。树为自己美丽的姿态而沾沾自喜，可遗憾的是，没人来夸赞树的美丽。于是，树觉得很无聊，只能孤寂地矗立在杳无人烟的绿色原野中。

柔柔的微风从树边吹过，带走了树上的香气。这香气越过小河，穿过麦田，又飞过山崖。最后，来到了蝴蝶纷飞的马铃薯田里。

"哎呀！"一只落在马铃薯叶子上的蝴蝶翕动着鼻子说，"太好闻了！啊，好迷人的香气啊！"

"不会是哪里开花了吧？"一只停留在其他叶片上的蝴蝶说，"肯定是原野上的那棵树开花了。"

紧接着，马铃薯田里的一只只蝴蝶"哎呀、哎呀"地赞叹着，全都嗅到了风中的芬芳。

蝴蝶最钟情于花香了，它们怎么能错过这么芬芳的花香呢？

于是，蝴蝶们琢磨着，准备一块儿飞到树那里去，还要为树过一个节日。

在一只翅膀上有花纹的大蝴蝶的率领下，白蝴蝶、黄蝴蝶以及枯叶蝶、蚬贝蝶等各种各样的蝴蝶迎着花香飞去。它们飞越了山崖、又穿过麦田、跨过小河。

可是，它们中最小的蚬贝蝶由于翅膀还很柔弱，便想在小河边停歇一会儿。当蚬贝蝶落在了小河边的水草叶子上时，它发现身边的叶子后有一只素未谋面的虫子，正在昏昏沉沉地打着盹儿。

"你是谁呀？"蚬贝蝶问道。

虫子睁眼答道："我是萤火虫啊。"

蚬贝蝶向它发出邀请："原野上的那棵树那里要举行一个庆祝节日，请你也去吧！"

萤火虫说："可是，我是夜虫，大家不会同意我参加的。"

"哪有的事？"在蚬贝蝶热情的邀请下，萤火虫只得答应了。

过节是多么愉快的事啊！蝴蝶们载歌载舞，盘旋在树的周围。它们飞累的时候，就会停留在白花上，吮吸甘甜的花蜜。渐渐的，周围的光线变得黯淡下来，原来傍晚来临了。

"好想多玩一会儿啊！可光线却变暗了。"蝴蝶们发出叹息说。

这时，萤火虫飞回小河边，然后带着自己的小伙伴们来到了树这里，落在每朵花瓣上，宛若在树枝上点上了一盏盏小灯笼，照亮了周围。于是，蝴蝶们又高高兴兴地玩了起来，直到深夜。

妈妈们

某天，一只快当妈妈的小鸟正在树上的鸟窝里孵蛋。一头母牛来到了它的树下。

"你好呀！"母牛对小鸟说，"鸟蛋有什么动静吗？"

"好像还没有什么变化呢。"小鸟答道，"您的小宝宝也没有出生吗？"

"小宝宝还在我肚子里孕育着呢。估计再过十来天就会出来了吧。"母牛答道。

接着，小鸟和母牛就又像平时那样，彼此夸耀起自己即将出生的小宝宝来。

"牛大姐，我觉得我家的宝贝肯定长着一身漂亮的蓝羽毛，散发出玫瑰般的香味，而且呀，还会用银铃般的嗓音唱歌呢。"

"我儿子的牛蹄子肯定是双瓣儿的，皮毛带着花斑，长着尾巴，还会用好听的声音'哞——哞——'地呼唤我呢。"

"哎哟？好特别啊。"小鸟不禁笑了起来，"'哞——

哞——'的声音怎么会好听呢？还有呀，那尾巴不是有些多余吗？"

"这你就不懂了吧！"母牛反驳道，"要是说牛尾巴多余的话，那鸟喙也没什么用嘛。"

照这样聊下去，最终一定会吵起架来的。这时，水里冒出来一只绿青蛙。

"你们在聊什么呢，这么高兴？"绿青蛙望着它们说。

听了母牛和小鸟的话，青蛙睁大了它的圆眼睛，叹道："你们俩可真是分不清事情的轻重缓急啊！"

"怎么了？有什么事情很着急吗？"母牛和小鸟担忧地问道。

"你们的小宝宝都快要降生了，不抓紧学唱摇篮曲，竟然还有闲工夫在这聊天。"青蛙说。

母牛和小鸟这才恍然大悟，得赶紧学唱摇篮曲了。可是，跟谁学好呢？

"我会唱，我来教你们吧。"青蛙说。

母牛和小鸟欢快地跟着青蛙学起了摇篮曲。

可摇篮曲好难学啊，母牛和小鸟学了半天也没学会。

这首摇篮曲是这样唱的：

哇，哇，哇
哇哇，哇哇，哇

呱呱，呱呱

哇哇，哇哇

呱呱，哇哇，哇

母牛和小鸟都卖力地跟着唱；可是却怎么也学不会。学到后来，它们俩都想放弃了。

青蛙说："新妈妈不会唱摇篮曲，就抚养不好小宝宝啊。"

听了这话，母牛和小鸟又重新振作起来，继续"哇，哇，哇"地跟着唱，一直唱到黄昏，唱到凉风吹起。

变 变 变

刚下过雨，蚊虫在净福院后面的竹林里飞来飞去。月亮升起来了，湿漉漉的竹叶在月光下闪着光亮。

狐狸妈妈带着刚刚出生，还没有断奶的小狐狸，一起住在金雀花树根下的洞穴里。

今夜，狐狸妈妈打算教小狐狸变形术，于是带着小狐狸出了洞穴。月光之下，地上到处都是被雨水打落的金雀花。

"来吧，孩子，快点松开你的小嘴吧。"

可小狐狸还是含着狐狸妈妈的奶头。

"快呀，快吮。"

狐狸妈妈用手推开小狐狸，然而小狐狸的嘴还是死缠着狐狸妈妈的奶头不放。

"听到我的话没？孩子。"

"您说什么？"

"孩子，你想变什么呀？"

"妈妈，我想变成月亮，可以从空中往下观望。"

"小傻瓜，你变不了月亮的！"

小狐狸显出不乐意的样子。

"不嘛不嘛，我就要变成月亮！"

狐狸妈妈抱起了小狐狸，说道："月亮是很吓人的。如果你变成了月亮，那真的月亮就会发怒，到时候你可要倒霉了。乖，妈妈这就变成一个可爱的东西，等一下！"

说完，狐狸妈妈放下了小狐狸。

"听话，孩子，把眼睛闭上。等妈妈说'好了'，你再睁开眼睛。"

小狐狸乖乖地合上了眼睛，然而它的两只小手却还紧紧地抓着妈妈的手。

"孩子，你得松开妈妈的手。"

"我怕再也见不到妈妈了。"

"孩子，不怕。妈妈什么地方也不去，很快就会变好的。"

"可……"

"听话，闭上眼睛，开始数数，从一数到十，然后就可以睁开眼睛了。"

狐狸妈妈知道小狐狸还不会从一数到十。看到小狐狸将眼睛闭上了，还不住地点头，狐狸妈妈就打算快点变。

"一,二,三,七,十！"

刚说完，小狐狸就睁开了眼睛。可狐狸妈妈还没变完呢！它在慌乱中变出了秃头和一身黑袈裟，看上去跟净福院里的和尚似的，但嘴巴上面却翘着小胡子，身后还有一条粗尾巴。

"哎呀，孩子，妈妈还没变好呢。"

狐狸妈妈赶忙将尾巴藏到了衣服里面，却顾不上还在嘴上翘着的两撇胡子了。小狐狸吓了一跳。方才妈妈还在这里呢，怎么睁开眼睛的瞬间，眼前却出现了一位陌生的和尚。

小狐狸无助地喊了起来："妈妈，妈妈！"

树后传来了妈妈温柔的声音："孩子，妈妈就在这里啊！"

可小狐狸就是看不到妈妈的身影。而面前的和尚却说："发生什么事了？孩子。"

分明是妈妈的声音啊！小狐狸眨了眨眼睛，望着这个陌生人。

"妈妈！"

小狐狸又喊了一声。

"不要紧吧？孩子。哈哈，刚才上当了吧？我就是你的妈妈呀！"

狐狸妈妈把小狐狸抱在怀里，小狐狸嗔怪道："我不喜欢您这副模样，还是原来的样子好。"

"吓着了吗？"

"嗯。"

"没事的，我就是妈妈。孩子，你很快也能学会变形术的。"

"我学不会。"

"没事，妈妈来教你啊。"

狐狸妈妈放下小狐狸，将自己变回了原来的模样。接着，狐狸妈妈开始仔细地教小狐狸如何变和尚。可是，小狐狸学了半天也没学会。刚把头变成和尚了，两只黑手却又露了出来。好不容易把黑手变成白手了，可藏在袈裟下面的尾巴却又露出来了。好不容易把尾巴掖进袈裟里了，耳朵又变成了长着毛的狐狸耳朵。

狐狸妈妈犯愁了。

"这怎么行？乖孩子，你得认真学啊。"

小狐狸眯着眼睛打了一个哈欠，说道："妈妈，我想睡觉了。"

变成了木屐

从前，有一个村庄，村外有一条河，河边长了一棵茂盛的赤杨树。

狐狸妈妈正在赤杨树下教小狐狸变法术。

"如果要变寺院小和尚的话，就得穿着袈裟出来；如果要变武士的话，记得戴上发髻，留着胡须，再在腰间佩上一把刀。"

"我要变成寺院里的小和尚。"

小狐狸的确变成了小和尚，然而它变的小和尚还留着两撇向上翘起的小胡子。

"这可不行！小和尚怎么能留着胡子呢？那是变武士时该有的模样。"

狐狸妈妈显得很失望。

可小狐狸就是这样，无论怎么教也不好好学。可不知怎的，它却十分擅长变木屐。

于是，小狐狸变成了两只木屐，这儿一只那儿一只地扔在赤杨树下面。

这个时候，从远处来了一位武士。他的木屐带子坏了，正发愁呢。

"哎呀，真是太幸运了，这里竟然有一双木屐。"

说着，武士穿上了小狐狸变的木屐。

躲在树后的狐狸妈妈见此情景，吓得不得了。天哪，这可如何是好啊！

武士大步流星地往前走去。

被压在下面的小狐狸感到了窒息，它不由得哼哼起来。武士吃了一惊，看了看脚下的木屐，原来木屐后有一撮好像毛笔头儿似的小尾巴。

可武士没放在心上，还是接着往前走。

"妈妈，呜呜！"

小狐狸再也忍受不住了，它放声大哭起来。

狐狸妈妈则小心翼翼地跟在武士身后，不时用树木掩护自己。

过了一会儿，武士走到一个村子里，那里有一家木屐商店。

买了一双木屐之后，武士将小狐狸木屐放到了外面，扔给它一元钱，说道："真是麻烦你了！"

拿着钱的小狐狸似乎忘记了刚才的痛苦，兴高采烈地跑回到妈妈的怀里。

小狐狸

一

一天夜里，七个小朋友在赶路。

这些孩子的年纪大小不一。

月光倾泻下来，将孩子们小小的影子映照在地面上。

看着彼此的影子，孩子们心想：我们的头怎么变得那么大，腿变得那么短啊！

一个孩子不由得笑了起来，另一个孩子认为不好看，就飞快地跑了起来。

在这样的月夜里，孩子们很容易胡思乱想的。

孩子们是从一个小山村里出来的，他们打算到半里路之外的镇子去看庙会。

孩子们沿着凿开的山道走着，微风吹过，远处传来了阵阵悠扬的笛声。

孩子们不禁加快了脚步。

只是，有一个孩子走在了后面。

"文六，抓点儿紧！"

其他的孩子喊道。

虽然月光朦朦胧胧的，可也能看出文六长得柔柔弱弱的，是个眼睛很大的乖巧孩子。他正在努力地追赶着大家。

"我穿的是妈妈的木屐，走不快啊！"文六焦急地说。

大家这才看出来，原来文六穿的是成人的木屐。

二

进了镇子之后，孩子们看到路边有家木屐店。

大家进了那家木屐店。之前文六妈妈拜托小伙伴们，要给文六选一双新木屐。

"阿姨！"义则提高了嗓门，对木屐店的老板娘说，"他是木桶店清六家的孩子，麻烦给他选一双木屐吧，之后他的妈妈会来付账的。"

大家为了让老板娘看清楚文六，还特意把他推到了前面。文六愣愣地立在原地，眨了两下眼睛。

老板娘笑了笑，取了一双木屐给文六。

木屐可是一定要合脚才行的。义则像大人一样，帮文六试穿木屐。毕竟文六家只有他一个孩子，他一向被宠惯了。

正当文六穿上新木屐的时候，店里来了一位年纪很大的老奶奶。她随口说道："哎呀，这是谁家的孩子啊，大晚上买新木屐，是要被狐狸盯上的！"

大家惊讶地看着老奶奶的脸。

"瞎说，怎么可能有这种事？"

义则不相信地说。

"这是迷信！"

另一个孩子接着说道。

孩子们虽然嘴上这么说，可脸上却不免露出了忐忑不安的神色。

这时，木屐店老板娘赶忙笑着说道："好，既然如此，不如就让阿姨来给你们施个魔法吧！"

老板娘在文六的新木屐后面，轻手轻脚地做了一个划火柴的动作。

"这下行了，狐狸不敢盯上你了。"

随后，孩子们就离开了木屐店。

三

孩子们一边吃着棉花糖，一边观看着庙会节目，简直目不暇接。

脸上涂着浓艳脂粉的小童女在舞台上耍着两把扇子，

仔细看去，小童女竟然是多福澡堂的女孩都音子。于是，孩子们纷纷低声地议论起来："原来那个小童女是都音子啊！还是我们的朋友呢，哈哈。"

看腻了小童女，孩子们又跑到漆黑一片的地方去，放起了烟花和鞭炮。

很多的飞虫围绕舞台的灯光翩翩起舞。舞台正面的屋檐下，紧紧贴着一只褐色的飞蛾。

木偶在花车上跳起祝福舞的时候，神社里的人逐渐少了。烟花和气球的喧闹声也逐渐散去。

孩子们站成一排，立在花车跟前，抬头望着木偶。

木偶的脸，不像大人般成熟，也不似小孩般可爱，可它乌黑的眼睛简直像真的一样，还不住地眨巴眨巴的。尽管孩子们也都知道，木偶能够眨眼睛是耍木偶的师傅在后面拉绳子的缘故。可每当木偶眨眼时，孩子们还是会有一种惊恐和好奇的感觉。

有一瞬间，木偶忽然张开了嘴，伸出舌头，随即又立刻闭上了血红的嘴巴。

孩子们明白，张嘴的动作也是耍木偶的师傅在后面拉绳子造成的。若是在白天表演的话，孩子们准会被逗得前仰后合。

可此刻孩子们却怎么也不觉得好笑了。在那朦胧的灯光中，木偶晃来晃去，像个真人似的，不是眨眼睛，就是吐舌头……实在好吓人啊！

孩子们联想到文六的新木屐，还有老奶奶说过的话："大晚上买新木屐，是要被狐狸盯上的！"

孩子们感觉他们该回家了，出来玩得太久了，赶回去还要走半里路呢！

四

归途也是月色满天。

孩子们却都有点心不在焉，安静地走着，好像在思考着什么事似的。

走过山道的时候，一个孩子趴在另外一个孩子的耳朵上，窃窃私语。孩子们互相传起了悄悄话。除了文六，其他的孩子都知道了悄悄话的内容。

他们悄悄传的是：木屐店老板娘根本没给文六的木屐施魔法，不过是划了一下火柴，做做样子而已。

孩子们一边静静地走着，一边在想：被狐狸盯上会怎么样呢？难道狐狸会跑进文六的身体里去吗？还是文六的外形和样貌不变，而心却变成了狐狸呢？如果是这样的话，文六如今可能已经被狐狸盯上了吧？虽然文六不说话，就不会有人知道，然而他的心有可能已经变成狐狸了吧？

月夜依旧，山路依旧，孩子们思考的事情也大致相同。他们都不由自主地加快了脚步。

孩子们走到栽着桃树的水塘边上的时候，不知是哪个孩子小声地咳嗽了一下。

夜晚是如此的安静，所以孩子们都听到了这微小的声音。

于是有孩子开始偷偷地询问刚才的咳嗽声是谁发出的。很快，孩子们就都知道是文六咳嗽的。

大家就猜想：这咳嗽声会不会有什么特殊含义啊？仔细一琢磨，这咳嗽声还真的好像狐狸的叫声呢。

"咳！"

文六又咳了一下。

这下孩子们认为，文六一定是变成狐狸了。我们中竟然有一只狐狸啊！想到这里，大家都变得害怕起来。

五

文六的家孤零零地立在湿地当中，周围是一片橘园，离其他孩子们住的地方有一些距离。

以前孩子们回家时，总是会在水车那边稍微绕一个圈，这样就可以把文六送到家门口了。

文六是木桶店清六家的独生子，从小就被家人娇宠

　　惯了。文六妈妈经常送橘子和点心给孩子们吃，让大家带着文六一起玩耍。今晚赶庙会的时候，孩子们也是到文六家门口来接他的。

　　大家走到了水车的边上，旁边有一条通向草坡下面的弯弯岔路，这是去文六家的必经之路。

　　然而到了路口，小伙伴们似乎忘记了文六，没有一个孩子愿意去送他。其实他们并非忘记，而是害怕被狐狸盯上的文六。

　　连热心的义则也一边回头张望着，一边消失在水车的阴影中。

　　最后，谁也没留下来跟文六一起走。

　　文六只得独自走在那条月光皎洁的小路上。不时有青蛙在路边低声鸣叫。

　　文六心想，这里离自己家已经很近了，没人陪自己也没什么好怕的。可他平时总是有人陪着，偏巧今夜只剩下他自己了。

　　虽然文六看上去呆呆的并不精明，可他心里清楚得很。他知道大家窃窃私语说的是自己这双新木屐的事，也明白是因为自己刚才咳嗽了两声，大家才吓成这个样子的。

　　明明在去庙会的路上，小伙伴们还那样友好地对待自己，就因为晚上穿了一双新木屐可能会被狐狸盯上，大家就对自己漠不关心了，这实在太令文六伤心了。

义则比文六大四岁，是个心肠火热的孩子。若在平常，文六冷了，义则会马上脱下外套，给文六穿上。可今夜，不管文六怎样咳嗽，义则都没有说要脱下外套给他。

文六路过宅院外面的罗汉松篱笆墙，打开院子后面的一扇小木门，他边走边看着自己弱小的身影，不禁害怕起来：没准自己真的被狐狸盯上了，若是那样的话，爸爸妈妈会怎么对待自己呢？

六

文六到了家，可文六的父亲去了木桶店协会还没有回来，所以文六就跟妈妈先睡下了。

虽然文六已经是小学三年级的学生了，可他还是愿意跟妈妈一块儿睡，没办法，谁让他是独生子呢。

"儿子，来跟妈妈聊聊庙会上的事吧。"

妈妈整理了一下文六睡衣的领子，说道。

文六习惯每天睡前把白天发生的事告诉妈妈，讲一些学校里发生的事情，街上遇到的事情，或者看了什么电影之类的。虽然文六讲得并不生动，可妈妈总是很耐心地听文六讲。

"仔细一看那小童女，没想到竟是多福澡堂的都音子呢！"文六说道。

"是她呀。"

妈妈又笑着问道："之后还有谁上台表演了呢？"

文六动也不动地瞪大了眼睛，仔细地想着。可到了后来，他不提庙会的事了，而是这样问妈妈："妈妈，晚上买新木屐，就会被狐狸盯上吗？"

妈妈不知道文六话里有话，只是好奇地望着他。可文六今晚遇到了什么样的事，妈妈已经大致猜到了。

"谁说的这句话？"

文六神情变得严肃起来，又重复问了一遍先前的那个问题。

"真的是这样吗？"

"这是骗人的，不可能有这种事，那是以前的人才信的话。"

"是骗人的吗？"

"当然是假的了。"

"真的吗？"

"当然。"

文六陷入了沉默。他的大眼睛转动了两下，又问道："倘若果真如此，那该怎么办呢？"

"什么怎么办？"妈妈反问道。

"妈妈，如果我真的变成了狐狸，你该怎么办呢？"

妈妈扑哧一笑。

"说嘛，说嘛，你快说呀。"

文六不好意思地推了推妈妈，问道。

"怎么办呢？"妈妈假装哀叹道，"我们就不能待在这里了呀。"

听了这话，文六的神情变得难过起来。

"那我去什么地方啊？"

"据说狐狸出没在鸦根山那边，只好去那边啦！"

"那你和爸爸怎么办？"

妈妈装出十分严肃的样子，说："爸爸和妈妈决定啦，既然可爱的文六变成了狐狸，那爸爸妈妈对这个世界也就没什么好留恋的了，我和你爸爸也不做人了，全家都变成狐狸好了。"

"难道爸爸妈妈也要变成狐狸吗？"

"当然，爸爸妈妈明晚也去木屐店买一双新木屐，然后也变成狐狸。我们带着你一起去鸦根山。"

文六眨着大眼睛问道："鸦根山是西边的那座山吗？"

"对啊，成岩西南方向的那座山。"

"是一座很高的山吗？"

"是一座长着很多松树的山。"

"那会不会碰到猎人呢？"

"猎人？森林里嘛，也许会有的。"

"如果猎人开枪打我们，那可怎么办啊？"

"我们仨躲在深深的洞穴里，猎人不会发现我们的。"

"可如果到了下雪天，我们就没有吃的东西了啊。出来找食物的时候，被猎狗看到了该怎么办啊？"

"那只得玩命地逃跑喽。"

"爸爸妈妈跑得快，可我还小，怎么也跟不上你们啊。"

"放心吧，爸爸妈妈会拉着你的小手跑的。"

"如果跑的时候，猎狗忽然从后面蹿上来，我们该怎么办啊？"

妈妈停顿了一下，然后做出非常严肃的表情，一字一顿地说："若是那样，妈妈就慢慢地在后面跑。"

"那是为什么呀？"

"因为这样猎狗就会跑过来咬住妈妈啊，追上来的猎人就会抓住妈妈。而你和爸爸就可以趁机逃走了。"

文六惊讶地望着妈妈。

"不要！这样我不就失去妈妈了吗？"

"只能如此了，妈妈只有落在后面才能救得了你和爸爸呀。"

"我说我不要，妈妈！我不能失去你！"

"为了你，妈妈只好这么做了啊……"

"不要，我不要，就是不要！"

文六哭倒在妈妈的怀里，眼泪流了下来。

妈妈赶忙用睡衣的袖子抹了抹文六的泪水，又把文六踢开的小枕头放回他的脑袋下面。

小狐狸买手套

寒冷的冬天从北方来了，狐狸母子住的森林也变成了银装素裹的世界。

这天早上，小狐狸刚要到洞外去，忽然"啊"地叫了一声，双手捂着眼睛又跑回了狐狸妈妈的怀里，喊道："妈妈，快看看，我的眼睛被什么东西给刺到了，快帮我擦一擦，快呀快呀！"

狐狸妈妈吓了一跳，赶紧把小狐狸捂眼睛的手挪开，仔细看了看，小狐狸的眼睛里什么刺也没有。

狐狸妈妈来到洞口一瞧，这才恍然大悟。原来昨夜下了一场鹅毛大雪，白雪在阳光下反射出耀眼的光芒。小狐狸从未见过雪，眼睛被雪地反射的强光晃到了，就误以为什么东西刺进眼睛里了呢。

小狐狸跑到外面玩了起来。它奔跑在好像棉花一样柔软的雪地上，扬起的雪花似水花般飞散在空中，在阳光下形成了一道小彩虹。

忽然，"哗啦，哗啦——"

身后传来一阵巨响，如同面粉一般的细雪，哗地一下子盖到了小狐狸的身上。小狐狸吃了一惊，忙连滚带爬地从雪里面逃出十来米远。到底是怎么回事？小狐狸回头望去，却什么东西也没有，只不过是积雪从树枝上落了下来。白绢般的雪纷纷扬扬地从树枝间落下。

没过多久，跑回洞里的小狐狸，把冻得冰凉的双手伸到狐狸妈妈面前说："妈妈，手好冷啊，都冻僵了。"

狐狸妈妈一边对着小狐狸的手哈气，一边用自己温暖的双手温柔地包裹着小狐狸的小手来为它取暖。

"很快就会暖和起来的。摸了雪的手很快就会变暖的。"

虽然嘴上这么说，可狐狸妈妈心里却想：宝宝的手要是生了冻疮可就不好了，等天黑以后，去镇上给宝宝买双合适的厚手套吧。

漆黑的夜晚，如同一张又大又厚的包袱皮，把森林和野地包裹了起来。唯有洁白的雪不肯被黑夜覆盖，仍然露出茫茫的雪光。

银色的狐狸母子爬出了洞穴。小狐狸躲到妈妈的肚子下面，边走边眨着圆溜溜的眼睛东张西望。

不一会儿，远处出现了一点亮光。小狐狸惊讶地喊道："妈妈快看，星星也会落到这么低的地方呀。"

"那哪是星星啊？"狐狸妈妈说，"那是镇上的灯。"

看到灯光，狐狸妈妈的腿都有些发软了，她不由得想起了以前和朋友一起出门时的情景。那朋友不听狐狸妈妈的劝阻，偷了一户人家的鸭子，结果被农户围追堵截，好不容易才逃了出来。

"妈妈，站着干什么呢？走啊。"

可狐狸妈妈实在迈不开步。无奈之下，她只好让小狐狸自己去镇子买手套。

"宝宝，把一只手伸出来。"狐狸妈妈说着，抓住小狐狸的手，片刻工夫，那只手就变成了小孩子可爱的手。小狐狸把手握紧又松开，试着掐了掐、又闻了闻。

"真好玩，妈妈。这是什么呀？"说着，小狐狸借助雪光，仔细盯着那只小孩的手看了半天。

"那是小孩子的手呀。听好了，宝宝。镇上有许多人家，你要先去找一户外面挂着圆帽子招牌的人家。找到之后，你先'咚咚咚'地敲下门，说句'晚上好'。里面就会有人来把门打开一条缝，你就从那个门缝里把这只手伸进去，瞧好，是这只人的手哦，然后说：'请卖给我一双合适的手套吧。'听懂了没？绝对不能把另外一只狐狸的手伸出去啊！"狐狸妈妈耐心地叮嘱道。

"为什么非得这样呀？"小狐狸问道。

"要是人类知道你是狐狸的话，就不会卖给你手套了呀。还会把你抓进笼子里的。人类啊，真的是一种很恐怖的生物啊！"

"好的。"

"绝对不能把那只狐狸手拿出来啊！一定要把这只手，看清楚了，就是这只孩子的手伸进去啊！"狐狸妈妈说着，把两块硬币塞到了小狐狸的那只孩子手上。

小狐狸向着镇上的灯光，摇摇摆摆地在映着雪光的原野上走着。刚开始时就只有一盏灯，接着陆续出现了第二盏、第三盏，最后增加到了十多盏。看着那些灯光，小狐狸心想：它们就像星星似的，有红色的、黄色的，还有蓝色的呢。

过了不久，小狐狸来到了镇子里面，每户人家都大门紧闭。柔和的灯光透过高高的窗户，映在了道路的积雪上。

因为门外的招牌上大多安装了小电灯泡，所以小狐狸一边看着灯，一边寻找。什么自行车店的招牌啊，眼镜店的招牌啊，还有其他各式各样的招牌，有些是不久前才刚刚涂过油漆，还有一些则已经脱漆像破旧的墙壁一样斑驳了。第一次来镇子的小狐狸，看得眼花缭乱的。

小狐狸终于找到了帽子商店。在蓝色灯光的映照下，黑色高顶大礼帽招牌悬挂在那里，和妈妈说的一模一样。

照着妈妈的嘱咐，小狐狸"咚咚咚"地敲了敲门，说道："晚上好啊。"

不一会儿，里面传出"咯噔，咯噔"的开门声。然后，门轻轻开了一条缝隙，一条光带透过门缝，映射在了洁白的雪地上。

灯光晃住了小狐狸的眼睛，它一时慌了神，把妈妈叮嘱绝不能伸出去的手，从门缝里伸了进去。

"请卖我一双合适的手套吧。"

帽子店的店主吓了一跳：这是一只狐狸的手啊！狐狸想要买手套，不会是想要用树叶当钱来买吧？

于是，店主说道："那请先交钱吧。"

小狐狸乖乖地把紧握在手里的两块硬币，递给了店主。

店主拿起硬币，弹了弹。硬币发出清脆的叮铃声。看来不是树叶，而是真的钱。店主从架子上取下一双小孩用的毛线手套，递给了小狐狸。

小狐狸道了谢，又顺着原路返回了。它边走边想："妈妈说人类是很恐怖的，可我怎么觉得人类一点儿也不恐怖呀！他们看到我的狐狸手，也没怎么样嘛。"

可是，小狐狸还是很想看看人类到底长什么模样。

路过某户人家的窗下时，小狐狸听到里面传来了阵阵歌声。啊，这是多么慈祥，多么动听，多么温柔的声音啊！

安睡吧，安睡吧，

依偎在妈妈的怀抱里。

安睡吧，安睡吧，

静躺在妈妈的臂弯里……

小狐狸心想，这歌声就是人类妈妈唱的吧。平时小狐狸快要睡着的时候，狐狸妈妈也是这么轻柔地哼唱着摇篮曲的。

这时候，传来一个小孩子的问话声："妈妈，今夜这么寒冷，森林里的小狐狸会冻得呜呜哭的吧？"

妈妈答道："森林里的小狐狸啊，正听着狐狸妈妈的摇篮曲，在山洞里面乖乖地睡着呢。好了，宝宝，你也快点睡吧。看看小狐狸和宝宝哪个睡得快，准是宝宝更快入睡呢。"

听到这儿，小狐狸忽然想起了自己的妈妈，它飞快地朝妈妈奔去。

狐狸妈妈一直在提心吊胆地等着小狐狸归来。一看见小狐狸回来了，她高兴地把小狐狸搂进自己温暖的怀里。

狐狸妈妈带着小狐狸回到了大森林里。月亮升起来了，月光照射在狐狸的皮毛上，反射出银色的亮光。它们的身后，留下了一串蔚蓝色的脚印。

"妈妈，人类一点儿都不恐怖呀。"

"你怎么会这么说？"

"在镇上，我错把自己真正的手伸了进去。可是帽子店的店主并没有抓我呀，还卖给我一双这么温暖的手套。"

小狐狸说着，"啪啪"地拍了两下，向妈妈展示着厚厚的手套。

"我的天哪！"狐狸妈妈惊讶地说着，"人类真的那么善良吗？果真那么友善吗？"

小狐狸阿权

一

小时候，我从村里的茂平大爷那里听来这样一个故事。

从前，在我们村附近，有一座名叫中山的小城堡，据说里面住着一位名叫中山的老爷爷。

在离中山城很近的山里头，住着一只名叫阿权的小狐狸。它在长满羊齿草的森林里打了一个洞，孤零零地住在里面。无论是白天还是黑夜，它都爱溜到附近的村子里去恶作剧，不是将埋在土里的芋头给挖出来，就是给晾晒着的油菜花枯枝点把火，或者揪下人家晒在后院的辣椒，总之干些调皮捣蛋的事。

这年秋天，接连下了两三天雨，阿权无法出门，只好蹲在洞里头。

等天空终于放晴了，阿权爬出了洞口。外面晴空万里，不时传来伯劳鸟啾啾的叫声。

　　阿权跑到了村子里的小河边。四周的狗尾草上全都挂满了晶莹的雨珠。河里的水原来并不多，可连下三天的雨让河水水位暴涨起来。原先河水浸不到的狗尾草呀、胡枝子呀也都被浑黄的积水冲倒，乱成一片。阿权沿着泥泞的小路，向着河的下游走去。

　　忽然，它看见有人在河里，不知道在做什么。阿权怕被那人发现，便一下子钻到草丛深处，静静地窥视着那个人。

　　"原来是兵十呀。"阿权认出来了。

　　兵十挽起黑色的破衣服，浸在齐腰深的水里，正摇晃着渔网捕鱼呢。他的头上缠着头巾，脸上粘着一张圆圆的胡枝子叶儿，看上去像是一颗大大的黑痣。

　　过了片刻，兵十把渔网底部那个袋子似的东西，从水底下拎了上来。里面虽然都是些枯枝败叶和烂木头等乱七八糟的垃圾，可也有些泛着白光的东西，那是肥美的鳗鱼和大鲫鱼的白肚皮。兵十将鳗鱼、大鲫鱼和那些垃圾一股脑儿地倒进了鱼篓里，接着扎紧口袋，再次将网袋放入了水中。

　　兵十提着鱼篓上了岸，又将鱼篓放在岸边。他像是要找什么东西似的，朝上游跑去了。

　　兵十刚走，阿权又忍不住想搞恶作剧了。它一下子从草丛中蹦了出来，跑到鱼篓边上。只见它从鱼篓里抓出鱼，一条又一条地朝渔网下游的河里扔去。这些鱼都"扑通""扑通"地钻进浑浊的水底去了。

最后只剩下一条肥美的鳗鱼了，阿权伸爪子去抓，可鳗鱼滑滑的，怎么也抓不住。阿权急了，一头伸进鱼篓，张嘴叼住了鳗鱼的头。鳗鱼呼啦一下紧紧缠住了阿权的脖子。

这时，对岸传来了兵十的怒骂声："好哇，你这贼狐狸！"

阿权吓得蹦了起来，想要赶快逃走，可那鳗鱼却紧紧缠住阿权的脖子不放。阿权只好就这样带着鳗鱼朝旁边一闪，拼命逃跑了。

阿权跑到了洞口附近的赤杨树下，回过头一看，兵十并没有赶上来。

它放松下来，将鳗鱼的头咬碎，然后甩掉鳗鱼，将其扔在洞外的草地上。

二

十几天以后，阿权路过村民弥助的屋后时，发现弥助的妻子正在无花果树下染黑牙齿（旧时日本妇女盛行将牙齿染黑，并且以此为美）；路过铁匠新兵卫家的后屋时，又见到新兵卫的老婆正在梳头。

阿权心想："咦？村里要办什么活动了吧？是秋天庆祝收成的活动吗？那应该会发出演奏太鼓啊、笛子之类的声音呀。至少应该在神社前挂上旗子啊。"

它一边想一边走，不经意间来到了门前有口红色水井的兵十家。看见很多人聚在那间小小的、有些可怕的屋里。一些穿着正式的礼服、腰间挂着手巾的女人，正在灶台前烧火，大锅里咕噜咕噜地不知煮着些什么东西。

"天哪，竟然是葬礼啊。"阿权思忖道，"兵十家的什么人死了呢？"

晌午过后，阿权朝村里的坟地走去，藏到了地藏菩萨的后面。今天的天气不错，远方城堡上的屋瓦显得十分耀眼。坟地里成片的彼岸花竞相开放，恰似一片红色的地毯。这时，村子那头传来"当——当——"的敲钟声，那是出殡的一种信号。

过了一会儿，只见身穿白色丧服的送葬队伍终于出现了，隐约听到了说话声。送葬队伍进了坟地。他们经过的地方，彼岸花被踩得一塌糊涂。

阿权踮起脚尖看去，只见兵十穿着白色的丧服，手中举着灵牌。兵十那平常好似地瓜一样红通通、精神抖擞的脸庞，如今却显得十分憔悴。

"唉，死的是兵十的妈妈啊。"阿权这么想着，将头缩了回去。

这天夜里，阿权在洞里思忖：

"兵十的妈妈躺在病床上的时候，一定很想吃鳗鱼，所以兵十才会带着渔网出去的。可我却搞恶作剧，把鳗鱼给放跑了。我害得兵十的妈妈没吃上鳗鱼，而他妈妈一定是由于没吃上鳗鱼才死去的。她临死前，大概还在念着'好想吃鳗鱼，好想吃鳗鱼！'吧。可恶，我真不该做那样的恶作剧。"

三

兵十在红色的水井台边淘洗小麦。

他以前跟妈妈过着穷困的日子，母子俩相依为命。如今妈妈死了，就剩下孤苦伶仃的兵十了。

"跟我一样，兵十也是一个人讨生活啊。"阿权从库房后头偷看着兵十，这样想道。

正当阿权要离开库房，跑到对面去时，不知从哪里传来了叫卖沙丁鱼的吆喝声："沙丁鱼大减价啦，新鲜的沙丁鱼哟。"

阿权向吆喝声的方向跑去。正好弥助的媳妇在里屋喊道："我要买沙丁鱼！"

沙丁鱼的卖家将装满沙丁鱼篓的车子停靠在路的一旁，双手拎着白花花的沙丁鱼进了弥助家。

趁着这个空当，阿权从鱼篓里拎出五六条沙丁鱼，朝着来时的方向折返回去。路过兵十家的后门口时，阿权将沙丁鱼扔了进去，然后奔向自己的洞穴。跑到一半，阿权从坡道上眺望，只见兵十还在井边淘洗着麦子呢。

阿权心想，这是自己为补偿兵十的鳗鱼而做的头一件好事。

第二天，阿权在山上采了一大堆栗子，捧着跑到兵十家。它从后门偷眼观瞧，只见兵十正在吃午饭。他一边捧着饭碗，一边在发呆。而令人不解的是，兵十的腮帮子受了伤。

"到底怎么回事？"阿权正在猜想的时候，听到兵十喃喃自语地抱怨道："究竟是谁往我家里扔的沙丁鱼呢？害得我竟然被鱼贩子当成了小偷，挨了好一顿揍呢。"

阿权心想，不好，这下可惹祸了。可怜的兵十准是被鱼贩子给打了，所以才受了伤。

阿权边想边蹑手蹑脚地绕到库房门口，放下栗子就离开了。

接下来的两天，阿权照旧采了栗子送到兵十家。第五天，不光送了栗子，还带去两三朵松蘑。

四

在一个明月当空的晚上，阿权又出去晃荡了。路过中山爷爷的城堡时，听到对面传来了说话声，像是有人顺小路迎面走过来了。路边金琵琶蛐蛐在唧唧地叫着。

阿权赶忙躲到路边，连大气也不敢喘。说话声逐渐近了，是兵十和农民加助。

"对了，我说啊，加助。"兵十开口说道。

"什么事？"

"我啊，最近碰到件奇怪的事儿。"

"是什么事儿？"

"自从我妈妈去世以后，不知道是什么人，总是给我送来栗子、松蘑之类的东西。"

"哦？是谁干的啊？"

"不知道啊。总是趁我不留神的时候，把东西送来就走了。"

阿权跟在两人身后，又听加助说道："果真如此？"

"绝无假话。不信的话，明天过来看看吧，我拿栗子给你看。"

"嘿，怎么会有这种怪事啊。"

说到这里，两个人陷入了沉默，继续往前走着。

加助下意识地回过头看了看，阿权大吃一惊，赶忙缩紧身子停了下来。可加助似乎并没有注意到阿权，仍然大步流星地往前走去。两人进了农民吉兵卫的家。屋里传来"笃笃笃"敲打木鱼的声音。窗户纸上灯光映照出和尚晃来晃去的大光头的影子。

"原来是在诵经啊。"阿权边想边蹲在了井边。

不一会儿，又有三个人一起进了吉兵卫的家。屋里传出了念经声。

五

阿权一直守在井边，直到念经结束。兵十仍旧和加助一起往家走。阿权想听听两个人的对话，便躲藏在兵十的影子里，跟了上去。

到了城堡前面，加助说道："你方才说的事儿啊，没准是神仙干的。"

"啊？"兵十惊讶地望着加助的脸。

"我方才一直在想，似乎不是什么人干的，准是神仙。神仙大人看你一个人孤苦伶仃的，便赏赐些东西给你。"

"真的吗？"

"没错。所以，你每天都得拜神敬佛啊。"

"是啊。"

阿权心想：哼！这家伙可真会瞎编。明明是我给兵十送的栗子、松蘑，他不来敬我，却去敬什么神仙，真是划不来啊！

六

翌日，阿权又带着栗子前往兵十家。兵十正在仓房里搓草绳呢，阿权就偷偷地从屋子的后门溜进了兵十家。

这时，兵十恰好抬起头来：咦？难道是狐狸溜进家里面来了？会不会是上次偷我鳗鱼的小狐狸阿权又跑来恶作剧了啊？

"好哇。"

兵十起身站了起来，从杂物间取出火绳枪，上了火药，然后蹑手蹑脚地靠了上去，"砰"地开了一枪，刚好打中了正从门口出来的阿权。

只听"扑通"一声，阿权应声倒地。

兵十跑了过去，一下子看到了屋里地上堆着的一堆栗子。

"天哪！"他惊讶地看着阿权。

"阿权，难道是你吗？是你一直给我送栗子的？"

阿权点了点头，有气无力地闭上了眼睛。

兵十手中的枪"咣"的一声掉到了地上，枪口处还冒着一缕青烟。

盗贼和小羊羔

软绵绵的草地上，像是铺了一层绿色的地毯，一群羊在草地上"咩咩"地叫着玩耍。

这时，一个盗贼正路过这片草地。他的肚子饿得咕咕响，碰巧看到一只小羊羔独自离开了羊群。

他心想，"这小羊羔一定很好吃。"于是，他来到了小羊羔的面前，抱起它塞进怀里，便往林子那边跑去。

来到林子里，盗贼举起一块石头，想要砸死小羊羔。可是，小羊羔还不知道自己死期将至，只是仰着头望着盗贼的脸。盗贼突然有些不忍心了，便将拿起的石头"啪"的一声扔到了对面的树上，然后又将小羊羔揣在怀里，饥肠辘辘地往村子里面走去。

来到水车边上时，盗贼遇到了一个背着面包的农民。他就跟农民说："喂，可以用这个小羊羔换你的面包吗？"

农民说："可以呀。我用五个刚烤好的面包跟你交换。"

说着，农民从口袋里掏出了面包。于是，盗贼就用小羊羔换了那五个面包。可当他看到小羊羔在农民手里可怜兮兮的样子时，又动了恻隐之心，还是决定不交换了。

他再次把小羊羔塞进怀里，喃喃自语道："好吧，你这只小羊羔只好由我来养了。"

他接着向前方走去。

走了一会儿，天色暗了下来。小羊羔肚子饿了，喊了起来："咩咩，妈妈，妈妈，我要吃奶。"

"这可糟了。我这里没有奶啊。唉，还是把你送回到原来的牧场去吧。"说完，饿着肚子的盗贼又按照原路返回了。

小狗阿钱

一个夏末的黄昏，坦吉和哥哥站在海边，望着火红的夕阳吹口哨。

他们俩趁着暑假的时间，一起来到海边的叔叔家度假。

哥哥的口哨吹得特别棒。坦吉也学着哥哥的样子把嘴翘得老高，可不知怎的就是吹不响。一首军舰进行曲从哥哥嘴里吹了出来，坦吉安安静静地聆听着。哥哥边吹边用脚轻轻地踏着地面，踩着节拍，惹得坦吉很是羡慕。

"坦吉，你也试着吹一下吧。"

哥哥吹完了欢快的军舰进行曲，对坦吉开了口。

坦吉听话地使劲儿鼓起腮帮子，吹了又吹。

"嘟"的声音都没吹出来，更不要说吹军舰进行曲了。

坦吉吹得涨红了小脸，一次次练习着。

"你这么吹可不行啊……"哥哥哈哈大笑了起来。

然而，练习的最后两三次，坦吉还是吹出了一点"嘟、嘟……"的动静。

"哥哥，看我吹出声了吧！"

坦吉正说着，忽然感觉好像有什么东西绊住了他的脚。

坦吉和哥哥都吃了一惊。低头看去，脚下竟是一条小狗。小狗瞎了一只眼睛，头上还有一块铜钱大小的黑痣，本来其他地方都是白毛，可由于好像掉到沟里面去了，全身都变成了灰色。

小狗抬起头看着坦吉，不停地晃着它的小尾巴。

"哥哥，这条小狗好可怜啊！"

"嗯。"

哥哥看着骨瘦如柴的小狗点点头。

"哥哥，我们带它回去吧。"

"嗯，带回去吧。"

过了不久，兄弟俩就带着单眼瞎的小狗回去了。

夕阳如火，红彤彤地燃烧着整个天空。

一个礼拜以后，坦吉多少学会一点吹口哨了。而在海边捡到的小白狗也被洗得白白净净的，它成了坦吉唯一的好伙伴。

哥哥叫那只小狗"小瞎"，可坦吉却赋予它一个好听的名字，叫它"阿钱"。这是由于小狗的头上有块铜钱大小的黑痣。坦吉特别喜欢阿钱，连晚上睡觉也非要搂着它不可。

然而有一天，阿钱因一件小事，惹恼了叔叔。

叔叔向来不喜欢狗，便趁此机会想要赶走阿钱。

"叔叔，饶了阿钱吧，它不是故意的，它什么都不知道才做了错事……"坦吉哀求着叔叔。

哥哥和婶婶也为阿钱说好话，然而固执的叔叔谁的意见也不听。叔叔并非无情之人，只是由于他讨厌狗，才会这样。

坦吉一边哭一边想，暑假还剩下一个礼拜就结束了，若是阿钱再晚一个星期调皮该有多好……那么我就可以带它回家了……

但是，阿钱还是无法逃脱离开叔叔家的命运。它的新主人是叔叔的同事泽田，他酷爱打猎，很想要一只狗，所以叔叔便准备将阿钱送给他。

第二天，叫泽田的同事就来了。

"它就是阿钱。"

叔叔指了一下无精打采的阿钱。

"看上去是只不错的狗嘛，虽然瞎了一只眼睛，但还是很适合做猎犬的。"泽田用手抓了抓胡子说。

听到两个人的对话，坦吉的希望破灭了，虽然他很希望泽田叔叔留下阿钱，可它还是被带走了。

"我这就带它走了。多谢了。"

泽田拴了一条绳子在阿钱的脖子上，把它带走了。

坦吉一直送阿钱走到门口。

"泽田叔叔，拜托您以后好好照顾阿钱啊……"

坦吉一脸伤心地望着泽田说。

"嗯，不用担心。小朋友，你也可以到我家找阿钱玩啊。"

泽田看起来也是个亲切的人，他欢快地向坦吉告别。

平时一见到坦吉就会摇尾巴的阿钱，显出一副无精打采的样子。

它被泽田牵走了。

"嘟——"

坦吉不禁如平常般吹了一声口哨。阿钱听到声音，转过头来，想跑回坦吉这边来。

可它被绳子拴着，只得跟着泽田往前走。终于，阿钱的身影消失在松林之中。

"哇——"

想到再也见不到阿钱了，坦吉哭着跑回了屋里。

寒冷的冬天到了，北风肆虐，路旁树上的叶子都落光了。坦吉站在二楼的窗口，茫然地望着冬季灰蒙蒙的天空。

这么寒冷的季节，也不知阿钱在什么地方呢？它在做什么呢……坦吉的脑海中，一会儿浮现出阿钱睡在暖和的狗窝里的样子；一会儿又会浮现出可怜的阿钱顶着寒风，四处觅食的模样。

不，不会的，阿钱一定会遇到好心人的。这样想来，坦吉脑中阿钱的可怜样便消失不见了。

忽然，坦吉不经意地看了一眼楼下的马路。

"啊，是阿钱！"

像是发现了什么，坦吉大呼小叫起来。

寒风推揉着一只骨瘦如柴的狗，正沿着冰凉的马路，如醉汉般晃晃悠悠地走了过来……那是阿钱，瞎了一只眼的阿钱。

"阿钱！"

坦吉打开窗户，喊了一嗓子。

阿钱停住了脚步，仰起了头。可它已经无法看到坦吉了。它的两只眼睛都瞎掉了，只有长长的尾巴还在不住地摇来摇去。

"阿钱，等我一下，我马上下来啊。"

坦吉急匆匆地下了楼，来到外面。

可是……

当坦吉飞奔到外面时，那只瞎了眼的小狗却早已不见踪影，好像随风而逝了。

坦吉一边吹着口哨呼唤阿钱，一边仔细地找了好长时间。

可结果还是没有找到他的阿钱。

坦吉忧伤地想，可怜的阿钱到底流浪到哪里去了呢……

阿正和大黑熊

一

从前，有一个去各个村庄做巡回演出的马戏团。马戏团并不大，仅有十个演员、一头老黑熊和两匹马。马不但要登台表演，还要在马戏团转场时，披上红呢毛毯来拉行李车。

这一天，他们来到了一个村庄。演员们将红的、黄的等好看的海报贴在烟店和浴池的墙上。海报散发着浓浓的墨香，村子里的大人和小孩兴奋地围着看，仿佛过节似的。

帐篷搭好后的第三天下午，观众席上发出了阵阵欢呼声和雷鸣般的掌声。跳完了一支舞的千代，一边轻手轻脚地摆动着粉裙子，一边回到了后台。下一个节目该大黑熊出场了。驯熊师五郎身上穿着一件掉了色的紫色金丝绒上衣，脚上穿着一双长靴子，他啪啪地挥着手中的鞭子，来到了笼子边上。

"喂！大黑熊，轮到你了，好好表现哦！"

五郎边笑达打开了笼子。不知怎么回事，大黑熊并没有像平时那栏站起来。五郎吓了一跳，弯腰细看，只见大黑熊满身都是汗，眼睛紧闭，牙齿抖得厉害，连呼吸都很困难。

"天哪，团长！大黑熊似乎是坏肚子了。"

团长和演员们都围拢过来。五郎和团长想要给大黑熊喂一颗包着竹叶的黑药丸，然而大黑熊摇头晃脑，嘴里吐了白沫，无论如何都不肯吃药。过了不久，大黑熊的肚子叽里咕噜地响个不停，它如陀螺般趴在地上，在笼子里打起转来。转了片刻之后，它"咣当"一声摔倒在稻草堆上，狠狠地喘着粗气，显出一剐有气无力的样子。

"哗啦啦"，观众席那边传来一片掌声，催促下一个节目赶紧上台表演。无奈之下，只好先让演员佐吉扮成小丑，代替大黑熊上了台。

这个时候，有人叹了口气，说道："若是阿正在，大黑熊就会吃下药丸的。"

团长听了，立即用沙哑的嗓音喊道："对呀，千代，你快去找阿正啊！"

千代牵出一匹马，来不及换下舞蹈服就飞身上了马，沿着白色的田间小路，向旁边的村庄跑去。

二

阿正第一天表演登梯节目时，不小心伤到了脚，此时正住在隔壁村庄的医院里。

阿正病房的窗前，有一棵郁郁葱葱的梧桐树，在房间里投下了绿色的阴影。穿着白色睡衣的阿正坐在病床上，正透过窗口张望着外面。他想：梧桐树的树干粗得好像大象的腿呢。这时，门外传来了马蹄的声音。过了一会儿，似乎什么人来到了走廊边。当阿正看到门口出现千代的脸时，他兴奋得连蹦带跳。

"姐姐，我已经痊愈了。刚才我还在这里试着翻跟头呢！"

千代平时特别心疼阿正，待他就像自己的亲弟弟一样。

"好，这么快痊愈实在太好了。阿正，大事不好了，大黑熊好像肚子疼得不得了，本想喂它吃药，可它怎么也不肯吃。大家正为此发愁呢，所以派我来喊你回去。"

"大黑熊？好，我们这就走吧。我的脚伤已经不要紧了。"

两个人征得院长的允许之后，一起上马赶了回去。护士送他们出来，一直送到了大门口。

三

"大黑熊，是我啊，大黑熊！"

阿正手里拿着药丸，右手温柔地抚摸着大黑熊的鼻子。跟刚才相比，大黑熊安静了许多，可它还是有气无力，一点精神也没有。它大口大口喘气的时候，沾在鼻尖上的稻壳也跟着动弹不已。

阿正灵机一动，"呜呜，呜，呜"地唱起了歌曲——《无畏的水兵》。

这首欢快的旋律正是阿正和大黑熊每次演出时播放的乐曲。听了阿正的演唱，大黑熊慢慢晃动了一下耳朵，过了一会儿，它忽然站了起来。趁此机会，阿正马上将手里的药丸塞进大黑熊的嘴里，让它一口气吞下了药丸。

这件事发生之后，阿正和大黑熊变得更加形影不离，谁也离不开谁了。他们也成了马戏团里人气最高的演员。

还有这样一件事。有一天，他们到了一个村庄，可惜平时跟阿正和大黑熊一起表演的小丑佐吉离开了马戏团，所以只得让大胖子团长来演小丑。

"大黑熊，我们出场了！"

阿正像往常那样，牵着大黑熊从笼子里走出来，一边抚摸着它的鼻子，一边喂大黑熊吃它最喜欢吃的饼干。

在舞台上，阿留爷爷用喇叭吹起了《无畏的水兵》。

啦哩啦啦，啦啦啦，

啦哩，啦哩，啦。

啦哩啦啦，啦哩啦，

啦哩，啦哩啦。

啦哩，啦哩，啦哩啦，

啦哩，啦哩，啦。

阿正骑着大黑熊出来了，他头戴一顶白羽毛军帽，腰上别着一把金光四射的玩具宝剑，装扮成一位将军的模样。随着喇叭的节拍，大黑熊精神饱满地来到了舞台上。

"现在出场的是，懒散将军和他的良驹大黑熊！"

阿留爷爷报幕之后，阿正嗖地一下从大黑熊背上下来，向观众致意。观众们一边哄笑，一边鼓掌。

"本将军要出去剿匪了！"

"啊！"大黑熊猛地张开了大嘴。骑在大黑熊背上的将军阿正，从口袋里拿出饼干，扔进了大黑熊的嘴里。大黑熊的嘴咬住了阿正的整只手和饼干。阿正故作震惊地眨着眼，又展示了一个从熊背上下来的姿势，引得观众们哄堂大笑。

过了一会儿，打扮成盗贼的团长出场了，他手里拿着一把明晃晃、裹着锡纸的大刀。懒散将军一看，吃了一惊，吓得扔掉手中的宝剑，赶紧抱住了大黑熊的脖子。观众中的小朋友们见了，又哄笑成一片。

"喂！"

团长摆出一副凶狠的架势：紧绷着满是假胡子的脸，怒睁着恶狠狠的三角眼。大黑熊瞥了一眼团长的可怕面容。团长平时骂阿正时就是这副模样。所以大黑熊误以为团长又会像平时那样发飙，用竹刀砍阿正了。

"喂！"

团长又举起了大刀。只见大黑熊呜哇地叫了一声，咬住阿正的身体，迅速地穿过观众席，向帐篷外面跑去。

观众、团长和阿留爷爷都吓呆了。

阿正也吃惊不已。

后来，大黑熊将阿正放到外面的草地上。阿正轻轻地抚摸大黑熊的头部和后背，安慰它使它平静下来。然后阿正又好不容易才把它带回舞台，首先向观众赔不是，又向穿着盗贼衣服的团长道歉。没想到观众反而显得更加兴奋了。团长见此情景，不禁苦笑了一下。

⑪

　　小马戏团还是在各村巡演，然而由于收入不多，只能勉强让大家维持生计。

　　过了不久，其中一匹马病死了。

　　"实在是可惜呀！"

　　团长、阿留爷爷、千代、阿正和五郎他们围在马的尸首前，发出了这样的叹息。

　　一个月之后。阿正早晨醒来一看，团里只剩下团长、千代还有阿正自己三个人了。其余的演员都离开了小帐篷。如此一来，马戏团也无法再巡演了。没有办法的团长也只好做了一个决定——解散马戏团。

　　关在笼子里的大黑熊被车送到城里去了，一个动物园买下了它。

　　阿正和千代卖了剩下的一匹马、天幕和桌椅，赚到了点钱。

　　"团长，你现在一无所有了，怎么办啊？"阿正问道。

　　团长落寞地笑笑："我出来时就一无所有，如今也一无所有地回家去吧。"

　　团长拜托镇上的警察，帮阿正和千代在针织厂找到了工作。

五

　　大黑熊自从来到动物园之后，整日呆呆地望着蓝蓝的天空。它似乎在想：阿正和千代过得怎么样？好想念他们啊，好想再听到乐曲《无畏的水兵》啊！

　　每天，铁笼子前面都站满了穿着各式衣服的孩子。大黑熊心想，有可能阿正和千代也混在其中呢。于是它就从笼子里面向外看。若是阿正来了，他准会穿上有红白条的衣服，一定非常显眼。就在它痴痴地发愣时，忽然头顶上响起了熟悉的喊声。

　　"大黑熊！"

　　大黑熊睁开忧郁的双眼，循着声音看去。

　　　嘟嘟嘟嘟，嘟嘟嘟，
　　　嘟嘟嘟嘟嘟。
　　　嘟嘟嘟嘟，嘟嘟嘟，
　　　嘟嘟嘟嘟嘟。

　　阿正哼起了《无畏的水兵》。大黑熊立即精神抖擞，猛地站了起来，仿佛还在马戏团里似的，跟着节奏在笼

子里走来走去。它从铁笼子的间隙里伸出嘴巴，深情款
款地望着阿正。阿正并没穿横条的衣服，可大黑熊还是
认出了阿正，"呜呜"地从嗓子眼里发出喜极而泣的嚎叫
声。

阿正眉开眼笑地从口袋里取出饼干，喂给大黑熊，
用手来回抚摸着它的鼻尖。

站在阿正后面的千代看到了这一切，她的眼里噙满
了热泪。为了见到大黑熊，他们在第一个休假日就赶到
了这里。

和太郎和他的老牛

一

大家都称赞和太郎有一头好牛，其实，那已经是一头老牛了。走起路来左摇右晃，屁股上的肉也不再结实有力，连有几条肋骨都看得一清二楚的。就算是拉着空车，它也会立即伸出舌头，难受地喘着粗气。

"这么衰老的牛，到底好在哪里？和太郎真够愚蠢的。早就该把它给卖了，何必等到这么老呢？再买头精力旺盛的小牛不就得了。"次郎左卫门说道。

他在年轻时，曾经在东京当过送报工，还在一个外国传教士那里帮过佣，吃了很多苦。不过，由于他总是爱讲大道理，在厌倦了工作之后，便又回到了村里。

虽然他这么说，可在和太郎看来，那头老牛还是很好的。

为什么这么说呢？

其实无论是谁，都会有些缺点。和太郎也不例外。别人一提起和太郎的这个缺点，他就会羞涩地挠挠脑袋，有时还会顺手挠挠背上发痒的地方。这个缺点就是嗜酒。

从村里到镇子的途中，有棵长在路边的大松树。树下有一家茶馆，这对于和太郎来说，实在太有吸引力了。因为松树可以拴牛，而茶馆呢，可以让爱喝酒的人喝上几杯小酒。

所以，和太郎每次经过茶馆，都会情不自禁地将牛拴在松树上，然后大摇大摆地走进茶馆，喝上几杯。

和太郎本想只喝一杯的。谁料喝着喝着，想法就改变了。喝了一杯，又想再喝一杯。不知不觉一个小时过去了。反正天色已晚，不如坐下来再继续喝上几杯："既然都喝到这个时辰了，索性等到月亮出来再离开吧。摸着黑回去可不好走哇。"

过了不久，月亮升了起来。不管是油菜花盛开的季节，还是稻子插秧的时节，有月亮升起的晚上，原野上的景色便显得格外明亮优美。

可是，无论月亮是否升起，和太郎都不会在意了。

因为此时的和太郎已经喝得不省人事，连睁眼睛都变得相当吃力了。

快看，和太郎早已分不清哪里是牛，哪里是松树了。他本想去解拴在松树上的缰绳，可他的手却在牛肚子上摸了半天。

茶馆的阿吉婆实在没办法了，只好帮和太郎解开缰绳，还为他点了一盏长筒灯笼，挂在牛车的车板后面。总而言之，醉鬼总是让人操碎了心。

和太郎不仅让阿吉婆操碎了心，也给老牛制造了麻烦。老牛拉他才走了两三百米路，和太郎就寻思："这夜路好长啊！"于是，他索性爬上了牛车，把缰绳搭在牛角上。

这样一来，和太郎再也不怕夜路漫长了。他担心自己不小心睡着了，从牛车上跌落下来，索性把系着行李的绳子跟自己的帽绳连在了一起。

等和太郎清醒时，他早已回到了自家的院子里。老牛识途，拉着他回到了家。

类似这样的事总会发生，老牛一次也没出过差错，从来不会拉着和太郎去海边或者不熟悉的村子。

因此，虽然老牛年老体衰，但在和太郎看来，它实在是一头难得的好牛。若是接受了次郎左卫门的意见，卖了这头牛，然后换回一头精力旺盛的小牛，那么和太郎下次醉酒醒来时，说不定会在哪里呢！也许他醒来一看，不是在二十多里外的名古屋城的街道上，就是惊讶地发现自己处于半岛尖部临海的悬崖上呢！话说回来，若是一头精力旺盛的牛，一个晚上跑十几里路也是完全可以的。

因此，人们都说："和太郎幸好有头好牛啊！"

也有人说："老牛真像是一个体贴温柔的好妻子啊。"

二

再来说说和太郎妻子的事。

说起和太郎的妻子，曾经有一段不堪回首的往事。

和太郎年轻的时候，也跟别人一样，娶了一个妻子。

以前，他一直与老母亲一起生活，母亲有一只眼睛失明了。自打年轻的妻子来到家里之后，和太郎家每日都像过节似的，全家都乐得不得了。

妻子长得漂亮，人又勤快，和太郎和母亲都很欣慰。

然而有一天，和太郎发现一件蹊跷的事情。每当全家三口人一起吃饭的时候，妻子总是把脸扭过去，面对着墙壁吃饭。

开始的时候，和太郎没有问妻子，可他连续观察了十天，妻子一直是这样。

和太郎终于按捺不住了，就问妻子："你不转过脸就无法吃饭吗？难道我们家墙上有什么蹊跷的地方？"

听了和太郎的问题，妻子默不作声，只是低着头，把拿着筷子的手垂到了膝盖上。

后来，只剩夫妻俩的时候，妻子压低声音，跟和太郎说："一看到你母亲那只失明的眼睛，我就感到不舒服。

那只失明的眼睛往外翻着红肉，我只要一看见，就吃不下去饭，所以才转过头去的。"

"原来如此啊！但母亲并非玩闹才伤了眼睛的啊，她是在田里割草时，让稻叶尖儿给戳瞎的。"

和太郎回答道。

"我也不知道怎么回事，只要一看到那只翻着红肉的盲眼，心里就特别不舒服。"

妻子固执己见地说。

"可是，母亲就是被稻子伤了眼睛啊。即便这样，她也是把我养大的母亲啊。"

"可我一看到那只失明的眼睛，就吃不下饭。"

和太郎和母亲独处的时候，对母亲说：'千代说她一看见您的眼睛，就感到不舒服，连饭也咽不下去。"

听了儿子的话，老母亲打豆子的手忽然停下了，她有些伤心地陷入了沉默，然后说："这也不足为怪，看着我这个残废了的人，年轻的新媳妇一定会感到别扭吧。我早就做过打算，等你娶了媳妇，我就不能再麻烦你们了，去别人家里当佣人好了。就这么定了吧，我明天就去升半先生家帮佣。听说那里正好缺少一个做饭的佣人呢！"

次日，老母亲的包袱里装了几样行李，她打着洋伞，冒着烈日出了门。穿过门前如火般鲜艳的杜鹃花丛，慢慢走向远方。

和太郎一边修整田里的篱笆墙，一边目送着母亲离开。母亲的身影渐行渐远，如火如荼的杜鹃花晃得和太郎的眼睛有些发酸。

和太郎忍不住泪水夺眶而出。老母亲年事已高，他怎么忍心让她去别人家里帮佣呢？怎能让勤勤恳恳工作了一辈子，将他抚养成人的母亲这样落寞地离开呢……

和太郎拎着手里的一条绳子去追母亲，他一下子拽住母亲的手，默默地带母亲回了家。

"喂，千代！"

妻子擦了擦手，走出厨房。

"你说过几天后想回娘家的吧？"

"对啊。"

"那你现在就回去吧。"

想到能回到离开了一段时间的娘家，妻子喜出望外，立刻穿好了衣裳。

"娘家好像没有竹笋吧？你带走一些吧，再多拿些蜂斗菜。"

和太郎说。

妻子捧着一大包的东西出了门，说道："我走了，过些天就回来。"

"啊，你去吧，以后不用再回来了。"

和太郎说。

妻子大惊失色。然而，和太郎的决定已经无法改变了。

就这样，和太郎与妻子分道扬镳。

后来，又有很多人为和太郎说媒，可和太郎一直都没有再婚。他也曾经想过，不如再娶一房吧，但一看到墙壁，就打消了这个念头："还是不要娶了吧。"

不过，没有妻子的和太郎感到有一点遗憾，就是他还没有孩子。

母亲年事已高，身材也渐渐变得矮小了。和太郎虽然现在正值壮年，但过些年也会变成老爷爷的。不久以后，老牛的屁股也会变得更瘦，肋骨变得像木头架一般，然后死去。如此一来，和太郎家就要绝后了。

和太郎常想，妻子有没有并不是很重要，可他真的希望能有个孩子。

三

受了别人的照顾，人们大都会知恩图报。可如果受到了牛马的照顾，却几乎没有人想着要报答。即便人们不报答牛马，它们也不会说出什么来。和太郎认为，这样既不公平，也不符合人之常情。他希望能够报答这头对他关爱有加的老牛，让它好好地乐一乐。

恰好一个机会到来了。

农村傍晚的景色十分迷人，到处都是金光闪闪的。这是一个春天里的黄昏，夕阳的余晖柔柔地洒下来，照在挡住了羊圈窗户的大麦穗上。

这时，和太郎坐在老牛车上，正走在前往镇子里的路上。

他平常就总是乐呵呵的，今天更是高兴得不得了，因为车上载满了酒桶。

有人求他将邻村酒店的酒桶运到镇上的醋店去。酒桶里装着乳白色的浑浊液体——酒渣，这是在酿酒时沉淀在酒桶底的。

随着牛车的晃动，酒桶发出"咕噜咕噜"的沉闷声音。在安静的傍晚，酒香伴着这沉闷的声音，向村民们的家中飘去。

和太郎一路上兴高采烈地思忖着，若是总有人拜托他运输这样的东西该有多好。啊，这声音足以让人忘记世间的苦恼。和太郎刚想到这美事的时候，忽然听到一声巨大的声响。

他赶忙叫住了牛车，原来是酒桶的一个桶盖掉了下来。当时牛车正在向上爬，随着车子一倾斜，白色的酒渣如瀑布般流了出来。

"哎呀，不好了！"

和太郎喊了出来，可是已经来不及了。酒渣流得地上到处都是，它们聚集在低洼处，散发出了浓郁而醉人的香气。

爱喝酒的农民和老年人闻到这样浓烈的酒香，都跑来围观，甚至连在村边住的阿时婆也来了，大概酒香味儿已经传遍了整个村子。

大家聚集过来时，和太郎正围着牛车发愁呢。

"这真的不怨我啊，牛车上这么颠簸，酒渣这玩意儿晃一晃就会膨胀的。再加上天气热的缘故，更会无限制地膨胀了。"

和太郎向村民们解释了事情的原委，这番话本来是准备跟老板说的。

"是啊，一点儿也没错。"

人们都同意他的说法，可望着那些堆在路上的酒渣，还是咽了一口唾沫。

"这下糟了。照这样下去，土壤会将酒渣吸光的。"

一位上了年纪的老农说道，他还用嘴吸吮着浸过酒渣的稻秸。

大家都认为一直这样下去的话，酒渣会被土壤吸光的。而和太郎却想出了一个妙招。

和太郎拿掉了牛脖子上的夹板，牵着牛来到酒渣沉积的地方。

"来，尝尝这个。"

老牛把头凑近酒渣，在酒渣上面停了一会儿。似乎在闻酒渣的味道呢，猜测这东西的滋味到底如何。

周围的村民们都屏息凝视着老牛，看看它会不会喝酒。

老牛伸舌头舔了舔酒渣，然后又一动不动了，似乎在嘴里回味酒的滋味呢。

在边上围观的村民们等得连大气都不敢喘一下。

老牛又舔了一下，接着埋头大口大口地喝起来，同时呼哧呼哧地喘着粗气。

"看来这畜生也喜欢喝酒呀。"

一位农民感叹道。

其他人都深感遗憾，纷纷觉得自己没这头牛有福气。

和太郎则兴奋地看着牛饶有滋味地喝着地上的酒渣。

"嘿，你就可劲儿地喝吧。我一直蒙你照顾，正不知该如何报答你呢。不过呀，我还真没想到你竟然也这么爱喝酒啊！"

老牛将眼前的酒渣舔完后，又向前迈了一步，舔食起其他地方的酒渣来。

"这老牛的酒量不错呀！"

村民们无精打采地说，好像他们没有得到自己想要的东西似的。

"痛快地喝吧！"

和太郎一边摸着牛背，一边说道。

"痛快地舔个够吧，醉了也不怕，今天让我来照看你。今天我想要好好地报答你。"

老牛总算把地上的酒渣都舔没了。天色也不早了，和太郎又将夹板套在了老牛身上。

傍晚的夕阳洒下淡蓝色的光芒，喝饱酒的老牛显得十分满足，而和太郎认为自己报答了老牛的往日之恩，也感到十分惬意，不紧不慢地在路上走着。路旁篱笆墙上的木莓花在夕阳的照耀下，闪着白色的光。

（三）

和太郎做了一个决定——今天绝不能再喝酒了。他的想法是：牛已经喝酒了，若是主人再喝，实在是说不过去了。

然而在归途中，和太郎必定会路过松树和茶馆。虽然另外一条路也可以走，可有些绕远，而且还要从火葬场前经过。

和太郎寻思：今天不要紧。他不停地喃喃自语："我怎么说也是个靠谱有分寸的人哪。"

说着，他朝着松树和茶馆那条路走去。

嗜酒如命的人对酒味儿是完全没有抵抗力的，和太郎也是这样。他一走到茶馆面前，就感觉自己坚不可摧的决心，如豆腐渣般一下子碎掉了。

其实和太郎牵着牛去舔酒渣的时候，他的酒瘾就已经上来了。这次又经过了这家茶馆，他的酒瘾就更加难以抑制了。

和太郎一边将牛拴在松树粗壮的树干上，一边安慰自己说："嗯，不就是喝一杯嘛，不要紧的。"

老牛照例本本分分地在树下等着和太郎。

和太郎搓着双手，进了茶馆。

他喝酒还是老样子。虽然嘴上说只喝一小杯，一小杯，然而不知过了多久，他面前喝过的空酒壶一个个地多了起来。

茶馆的阿吉婆也还像平时那样，关心着和太郎，帮他解下拴在松树上的缰绳，又帮他将灯笼点着。

可有一点与平时不同，老牛这次是趴在地上的。阿吉婆并没有注意到，还差点被牛绊倒了。

和太郎叫了一声："好伙计，快点站起来！"

老牛喘着粗气，哼哼了几声，却没有站起来。

"伙计，你坏肚子了吗？快些起来吧！"

和太郎边说边用力地拽了一下缰绳。

老牛慢吞吞地动弹了一下，先将屁股撅起来，然后趴在地上，大口大口地喘了一会儿气。

"我的天，你到底怎么了？好像铁匠铺的风箱似的，呼哧呼哧地喘个不停啊！"

"好像醉汉一样！"阿吉婆说。

听了这话，和太郎恍然大悟，老牛也喝了很多酒啊。他觉得很有意思，不禁笑出声来。

"一定是喝醉了！"

老牛使了很长时间的劲儿，才直立起它的前腿来，和太郎这才踏上了归途。

往常即便和太郎坐着牛车走出一段距离，茶馆的阿吉婆也能听见车轮咕隆咕隆碾轧乡间小路的声音。然而今天的车轮声不久就消失不见了。阿吉婆有些不可思议，却也没放在心上。既然赶车的人和拉车的牛都喝得一塌糊涂的，谁能猜到他们会上哪儿去，做些什么事情呢？

五

和太郎的老母亲一边轱辘轱辘地转着纺车，一边不时地抬起头来，用一只眼睛看墙上挂钟的时间，不觉间已经到了深夜。

过了不久，早已被煤烟熏黑了的破挂钟，就像患了气喘毛病的老汉似的，喘了一阵子，终于敲响了十一点的钟声。

往常只要过了十一点，外面就会响起牛车声。然而今夜是怎么回事？

十分钟以后，母亲还是没有听到牛车的声音，不禁有些担心起来。她将膝盖上的棉絮拂开，走出去向外张望。

月光清亮，大家都已经进入了梦乡，屋顶上的瓦片湿漉漉的，在月光下闪着光。四下雾蒙蒙的马路一直向远处延伸，却怎么也瞧不见和太郎与牛车的踪影。

和太郎只有几次夜不归宿的经历。他的母亲还清楚地记得和太郎住在外面的那几次是什么情况。一次是和太郎上小学时，学校组织去参拜伊势神宫，他在外面过了两夜；另一次是和太郎年轻的时候，跟村里的年轻人一同去爬吉野山，在外面住了五个晚上；还有几次，也是和太郎年纪轻轻的时候，每逢村里有节日活动，和太郎与其他年轻人就在夜里轮番看护花车。除此之外，和太郎都会乖乖回家，从不会在外面过夜。因此，他的母亲不禁有些担心起来。

时钟走到了十一点二十分，还是不见和太郎的踪影，母亲再也按捺不住了。于是，她跑到了派出所去报警。

芝田警察还以为发生了什么事，急匆匆地在灯下穿好黑警裤，一边往腰上挂马刀，一边从楼上跑了出来。

听完和太郎母亲的话，芝田警察不禁松了口气，说道："准是和太郎又喝多了！"

"可是从来没有出现过这样的情况啊！他那家伙，就算是喝多了，到了十一点也应该会回来的啊！"和太郎母亲接着又说，"若是十一点二十了都还没回来，八成是在半路遇上劫匪了。"

芝田警察告诉和太郎的母亲，在这样的和平年代，几乎没有人干拦路抢劫的勾当。和太郎每回喝得酩酊大醉，都是让老牛给送回来的。因此今夜大概是老牛出了点状况，也许会迟上二三十分钟，牛毕竟不会像人那么守时的。

然而和太郎母亲还是固执己见，最后芝田警察只好妥协，说道："那好，就去找找看吧。"

平时，若是村里发生了什么事，村里的青年团就会协助派出所做事。所以芝田警察将团员们都召集起来。不大一会儿，青年团员们就都穿好了制服，打好了绑腿，拿着棍棒跑了过来。来帮忙的不仅有青年团的团员和一些成年人，甚至还有驼背的老爷爷。

村子已经几十年没发生过半夜里村民走丢的事件了。青年团上次协助芝田警察，是由于烧荒烧着了西山脚下的茅草屋，大家帮警察一起扑灭了火灾。上次的事件并不复杂，可这次的事件就不寻常了。究竟应该从什么地方找起呢？

这时，一位长着个大鼻子，名叫富铁的老爷爷想到了一件往事。

118

　　四十多年前，村里有个小商贩到坂谷采购油炸果子，在归途中，被六贯山的狐狸迷住了，因而迷失了方向。当时，村民们敲着锣鼓在山谷里四处寻找，终于在山泉中找到了头上裹着毛裤、魂不守舍的小商贩，那人还不停地说："温泉真好！热水真让人舒服啊！"

　　富铁爷爷对这件事可谓烂熟于心，他绘声绘色地向大家详细讲述了一遍。其实这也没什么好奇怪的，因为那个被狐狸迷住的小商贩正是他自己。

　　听了富铁老爷爷的话，大家认为和太郎极有可能也被狐狸迷住了。六贯山这边经常可以看到有狐狸出没。在冬天寒冷的夜里，村子中时常能听到狸猫在叫唤。还有，就算没有被狐狸或狸猫给迷住，一个喝多了的酒鬼，其实也跟被迷住的人差不多了。

　　于是，众人纷纷找来了敲打的工具。他们从寺院里借来出殡报时用的钲。使用的大鼓则是更夫喊着"小心火烛——"时咚咚敲打的那种，敲起来声音十分低沉。龟菊曾经多次当过吉野山参拜的向导，可他也很长时间没吹过螺号了。他从宝藏仓里拿出螺号试着吹了一下，可惜螺号无法吹响，只发出了几声"嗤嗤"的动静。

　　龟菊说："大概是螺号有裂缝了吧。"

　　可他的儿子龟德拿起来吹了一下，螺号却发出了嘹亮的声音。

龟菊这才明白，原来是自己老了，吹不动了。

青年团里的喇叭手林平带了一把闪亮的喇叭。他心里自鸣得意地想，只要一吹这家伙，几里以外的人都可以听到呢。

男人们手里提着灯笼进山，一边敲着钲和鼓，一边吹起了螺号。林平不知该用什么调子吹，他先后试过了起床号、进行曲和冲锋号，似乎哪一种都不适合搜索被狐狸迷住的人和牛，后来他索性不成调儿地胡吹起来。这时，总喜欢开玩笑的龟菊说道："这声音怎么好像大象放屁似的。"林平听了一脸不悦。龟菊虽然嘴上这么说，其实他也不知道大象放屁到底是什么声音。

众人四处搜索，翻来覆去地在山谷里、灌木丛以及水池边上，找了无数遍。大家不禁想，这样看上去倒像是自己这些找人的人被狐狸迷住了似的。尽管如此，众人还是又在水池边上绕了一圈。

大家都已经疲惫不堪，也不吹螺号和喇叭了，只能偶尔听到几声沉闷的鼓点声。众人就一直这样找啊找啊，却始终不见和太郎与老牛的身影。而且他们中还有两个人也走散了，不知去了什么地方。唉，再继续找下去恐怕也只是白费力气，搞不好还会把自己倒搭进去。

池子的水面开始微微泛光了。这时，水池对面的灌木丛里，传出了一只老黄莺的啼叫声。众人意识到，天亮了，该回村去了。

六

村民们一宿都没睡，昨晚在山里绕来绕去，回村时已经筋疲力尽了。大家走到派出所门前时，有的人已经站不起来了，一个个都坐在了路边的草地上。

这时，只见打西边学校方向来了一辆牛车。大家都傻傻地边望边想，原来上工的时间到了。

等牛车经过派出所门前时，车上的男人问了一句："哎呀，大家今天起得好早啊！你们这是准备去修公路吗？"

众人觉着男人好面熟，定睛一看，嘿，竟然就是他们要找的和太郎。

"你这个酒鬼！为了找你，我们在山里头走了整整一宿呢！"龟菊说道。

"真的吗？辛苦你们啦！"

说完，和太郎驾着牛车，径直回家去了。

真不懂礼貌！村民们惊呆了。早知道他这样，大伙儿就不该这般辛辛苦苦地去山里找他。

老人们说，这次非得好好教育教育和太郎不可，不然他总是改不掉这个坏毛病。因此，大家强忍着困意一起来到了和太郎的家里。

和太郎正在给老牛喂水呢，他还帮老牛卸下了夹板。

"喂，和太郎！"村里最是伶牙俐齿的次郎左卫门先开了口。

"你知不知道大家为你操了多少心？为了找你，我们所有人昨夜都没有休息啊，一起从山里找到山谷，从田间找到原野，你居然连一句感激的话也没有，太过分了吧！"

听他这话，好像他次郎左卫门也去找和太郎了，可实际上他昨晚一直在家里呼呼大睡，早上才刚刚赶到这里。

听了次郎左卫门的话，和太郎显得有些震惊。他觉得自己很是对不住大家，于是连声说了十三遍"抱歉，太对不住大家了"。每说一遍这句话，他都会挠一下脑袋，或者用手伸到背后抓痒痒。最后他解释说，是因为他和老牛都喝醉了，所以才会出了这种事。

村民们都是些善解人意的人，很快就原谅了他。接着大家开始问和太郎各种问题。

"和太郎，你昨晚到底去了什么地方啊？"龟德问。

和太郎偏着脑袋答道："我也不清楚都去过什么地方，只是隐约感觉一会儿向右，一会儿朝左，一会儿上了高处，一会儿又下到谷底。"

"你在路上也没点灯笼？"芝田警察问了一句。

"当然点了，你看，灯笼还在这里呢。"

说完，和太郎将头探到了牛车底下。

然而，灯笼就只剩下半截了。也许是被水打湿了，连灯笼纸都碎了，灯笼的骨架就像断了线的线轴般散开了。也可能是在半路上让某种东西给钩住，骨架都被弄断了。

"被水打湿了，所以变成了这样。"

和太郎将只剩下半截的破灯笼拿了下来。

"是呀，你看，牛车，老牛，还有和太郎的衣裳都湿了，看来这夜露还真不小。"有人插了一句嘴。

"你该不会是从哪个池塘里蹚过来的吧？"龟德说。

"哪有？"

看到母亲站在旁边，和太郎赶紧否认。他不想母亲为他担忧。

然而，和太郎无论怎么否认都无济于事了，因为大鲫鱼、龙虱和小乌龟已经从他的怀里钻了出来。只有水池里才有这些东西啊。这么说来，和太郎的牛车准是从哪个池塘里蹚过来的。

"这黄花是什么花？"有人问了一句。大家定睛一看，原来干瘦的老牛前蹄缝儿里有一片黄花瓣。

"不太像是连翘花，这一带见不到这种花。"一个村民说道。

"这花叫金雀花，在这一带不常见。向南走大约八里多路，就能看见一片金雀花丛盛开在六贯山的山顶上。有人说，六贯山的狐狸在满月的夜里，就会躲在花丛后面，学着人的模样拉胡琴。"花匠阿安说。

和太郎显得无可奈何："真不好意思，大概是去了那里吧。我还觉着奇怪呢，怎么会看见那么漂亮的房屋呢！黄色的席子、隔扇和天花板。对了，好像真的有一位竖着耳朵的老艺人在怡然自得地拉着胡琴，想不到竟然是只狐狸呀！"

"可牛车为什么会爬上那么陡的山顶呢？"村民们都想不明白。

"不管怎么说，都是我的错。怪我和老牛都喝醉了。"和太郎再次跟大家道歉。

后来，还有一件事，让村里人与和太郎都百思不得其解。

牛车上挂着一只小篮子，里面装了一束花和一个胖嘟嘟的男婴。

这只篮子从哪里来的？为何挂到了牛车上？和太郎绞尽脑汁地想了半天，还是一无所获。

"没准是老天爷的恩赐呢！"龟德说。

"和太郎，你不是总说虽然不想要老婆，但希望有个孩子嘛，可能是老天爷听到了，就把这孩子赐给你了吧。"

和太郎听了这话，不禁心花怒放，龟德说得太有道理了。

然而次郎左卫门却说："现在哪会有这么不可思议的事！婴儿准是有父母的！"

芝田警察摸着胡须说："大概是个弃婴吧？过些天来一趟派出所吧，我要给总署写一份调查报告。"

后来，和太郎一直等待着孩子父母的出现，可最终也无人来认领这个男婴。

于是，他为孩子起了一个名字——"和助"，并且收养了他，把他当作自己的亲生儿子。

在那以后，他一遇到人便兴奋地说："和助这孩子是老天爷赐给我的。那天夜里，我和老牛都喝醉了，老天爷就给我送来了一个宝贝儿子。"

听了和太郎的话，一向喜欢与人争辩的次郎左卫门就端出一番大道理说："现在根本不可能有这么荒唐离奇的事情！孩子都是有父母的！若是喝醉酒到路上随便逛逛，老天爷就会赏赐个孩子给他，那这世上还要法律做什么！"

和太郎也不甘示弱，随即反驳道："这世上不是所有事情都可以用大道理来讲明白的，就是存在着很多无法解释的事情。"

后来，这个老天爷恩赐的和助慢慢长大了。念小学时他和我在一个班，他一直当着班长，而我的成绩总是不太理想。小学毕业后，和助继承了和太郎的家业，当了一名优秀的牛倌。太平洋战争爆发以后，他当了兵，好像到如今的爪哇岛，或是苏拉威西岛打仗去了。

如今的和太郎已经是个老爷爷了，可他的身体还不错。前年，他的老母亲和那头老牛都去世了。

第三辑

一年级小同学和水鸟

孩子们上学的路上有一个大水塘。

每天清晨，一年级的小同学们都会经过那个水塘边。

池塘中有五六只黑色的水鸟。每次看到它们，一年级的小同学们都会齐声地唱起歌来：

水——鸟，

水鸟。

跳进水里快点游，

我有饭团送给你。

水鸟听到歌声后，"咕咚"一声钻进水里去了，仿佛听说要给它们糯米团子似的，显得非常兴奋。由于孩子们走在上学的路上，所以大家都没有带糯米团子。

一年级的小同学们到了学校之后，老师这样告诉同学们："大家可不能说谎话啊，说谎是不道德的。老人说过，说谎的人死后，就会被红鬼用拔钉子的钳子拔掉舌头的。

所以，同学们千万不要说谎啊。知道了吗？好，听明白
的同学举起手来！"

大家都听懂了老师的话，纷纷举起了手。

放学以后，一年级的小同学们又经过了水池边。

水鸟们还在水里，仿佛在期待着一年级小同学们放
学回来似的，在池塘边上东张西望。

　　水——鸟，
　　水鸟。
　　……

一年级的小朋友们不由自主地唱了起来。

可大家唱了几句就唱不下去了。如果唱下一句"跳
进水里快点游，我有饭团送给你！"就是在说谎话了。今
天老师刚刚教育他们，好孩子可不许说谎。

这可如何是好呢？

如果就这么走开了，水鸟准会觉得寂寞的。

于是，小学生们想了一下，改了词唱道：

　　水——鸟，
　　水鸟。
　　没有糯米团子，

快跳进水里吧。

水鸟兴奋地一头扎进了水塘里。

小同学们恍然大悟，原来水鸟之前跳进水里，并不是想要糯米团子，而是听到小同学们在唱歌，它们变得特别兴奋，才扎进水里去的。

一张明信片

　　这是一张漂亮的方形书桌，上面摆着一只绿色的闹钟、一只布熊和一台罩着蓝色灯罩的台灯。一位白净可爱的小女孩正趴在书桌上写明信片。

　　"妈妈，顺便写一张寄给乡下的阿富吧！"小女孩征求妈妈的意见。

　　"好啊，写吧。"

　　于是，小女孩开始给阿富写明信片：

　　　　阿富，近来可好？
　　　　前阵子收到了乡下寄来的苹果，实在太感谢了。
　　　　春天马上就要到了！

　　小女孩写完，又在明信片的背面写上了收信人的住址和名字。

北海道××郡××村　字蟹江

森吉太郎先生转阿富收

东京市大森区 0015

石川道子

接着，小女孩将这张明信片投递到街上的邮筒里。

晚上，躺在软床上的小女孩问妈妈："妈妈，这张明信片后天就可以邮到北海道了吧？不知能否顺利寄到呢？"

妈妈耐心地回答道："不会有问题的，就算寄到伦敦、巴黎都没问题，更别说仅仅是寄到北海道了。"

事实上，收信人到底收没收到这张明信片呢？

东京的邮局将明信片装进邮袋，先用火车运到北海道的一家大邮局。接着又被派送到了某村的小邮局。这家邮局里一位邮递员收到了这张明信片和许多其他的邮件，他的任务是负责将这张明信片送到蟹江村。

这位邮递员身上穿着件大衣，脚踏一双大长靴，肩上背了一只大背包，乍看上去还以为他是个成年人呢，其实他只是个小学刚毕业的男孩。小男孩为何会穿大人的外套和长靴呢？原来男孩的父亲一个月前因病倒下了，所以无法外出，懂事的男孩便顶替父亲充当了临时邮递员，穿上父亲的长靴和大衣去送信。

男孩将明信片和其他邮件一起放进大背包里，然后就出发了。外面还残留着一个冬天都没有融化的坚硬积雪，男孩咯吱咯吱地踩着雪去送信。

当家家户户结着冰花的窗子里亮起暖暖的烛火时，男孩送完了大部分邮件，只剩下从东京寄来的那张明信片了。

看了一眼明信片上的地址，男孩叹了口气。

"竟然是蟹江啊！"

蟹江位于小山那边的山谷里，是一处仅有四五户农家的偏僻山村。寄往那里的邮件一向很少。

虽然山并不高，可男孩还是要翻山越岭。看了看天空，男孩心想，回来时天肯定已经黑了。更何况，带雪的乌云正从北方涌了过来。

男孩有些不情愿，可这是他的工作，还是得去。

顺着落叶松之间的一条小路，男孩奋力向上攀登。他的脚步声惊醒了冬天的雷鸟，它们扑棱着白色的翅膀，从路旁的雪地上啪啪地飞过。

山越爬越陡，风也越来越猛。刺骨的寒风吹得男孩直流眼泪，他的手冻得又红又肿，耳朵也好像要冻掉了似的，生疼生疼的。

　　过了山顶，山路变得更加崎岖，一不留神就会摔倒。男孩谨慎地注意着脚下，步履维艰地朝山下走去。结果还是一脚没踩稳，顺着陡峭的斜坡一路摔了下去，最后伴随着"砰"的一声，他掉进了悬崖下的一条深沟里。

　　男孩想站起来，然而左腿却一点儿都使不上劲儿。这条腿已经开始失去知觉了。

　　男孩用尽全力，大声呼救道："嗨——嗨——"

　　可这喊声却逐渐微弱。

　　有一片东西轻轻落在了男孩的肩上，原来是雪花。男孩吓了一跳。这时，雪花开口道："你为何待在这里纹丝不动啊？"

　　"因为我的左腿摔折了，无法动弹。"

　　"左腿怎么断的啊？"

　　"因为我从悬崖上滚了下来。"

　　"为何会从悬崖上摔下来呢？"

　　"因为我要赶到蟹江去。"

　　"为何非要一个人去蟹江呢？"

　　"因为我要去蟹江送一张明信片。"

　　"明信片上写了什么重要的事情吗？"

　　"我哪里知道！"

　　"为什么非要去蟹江送这张明信片呢？"

　　"因为这是我的工作呀。"

"工作？什么是工作呀？"

"我哪里知道！"

过了不一会儿，夜幕笼罩了整个山谷。伴随着黑夜的降临，薄薄的雪花也漫天飞舞起来。

第二天清晨，雪霁初晴。

蟹江村的人们拿着铁锹到山里来寻找男孩了。他们来到悬崖下面的深沟时，看见雪地上露出了一只早已冻僵了的小手，手里面还紧握着一张明信片。

只见明信片上写着这样的文字：

阿富，近来可好？

前阵子收到了乡下寄来的苹果，实在太感谢了。

春天马上就要到了！

国王与鞋匠

有一天，国王打扮成了一个乞丐，独自来到镇上溜达。

他来到一家小小的鞋匠铺的门口，只见一位老鞋匠正在埋头做鞋子。

国王进了鞋匠铺，问道："喂，老爷子，你叫什么名字呀？"

老鞋匠不知来者是国王，很冷淡地回答道："问别人话时，态度要客气点。"

说完，又"嗵嗵嗵"地埋头苦干起来。

"喂，您叫什么名字？"

国王又重复了一遍他的问题。

"我刚才跟你说了，询问别人时，说话要客气点。"老鞋匠生气地答道，又忙着干活去了。

国王知道自己理亏，于是彬彬有礼地请求道："请您告诉我，您该如何称呼？"

"我叫马吉斯蒂尔。"

国王紧接着问："马吉斯蒂尔爷爷，我想悄悄地请教你一件事，你认为你们的国王是个傻瓜吗？"

"国王不傻呀。"

马吉斯蒂尔爷爷回答说。

"那么，你难道不认为他有那么一点点傻气吗？"

国王再次问道。

"没觉得呀。"

马吉斯蒂尔爷爷说完，把鞋跟钉在了鞋上。

"如果你愿意说你们的国王有一点点傻的话，我就把这块金表送给你。没关系，不会有人知道的。"

国王从怀里拿出一块金表，展示给老鞋匠看。

"只要我说我们国家的国王是个傻瓜，那么我就可以得到这块表了，是吗？"

老鞋匠放下了拿着锤子的手，望着面前的金表。

"是的，你只要低声说一句，这块表就送给你。"

国王来回搓着手说。

老鞋匠一下子拎起那块表，猛地扔了出去。

"快滚！再不走就杀了你！你这无耻叛贼！世上哪有比国王还高尚的人啊！"

然后，他扬了一下手中的锤子。

国王急急忙忙地跑出了鞋匠铺。一不小心撞在外面支撑遮阳布的柱子上，脑袋被撞出了一个大包，可他的心里却乐开了花。

"我的臣民实在是太好了！臣民们实在太好了！"他一边反复念叨着这句话，一边跑回皇宫去了。

捡来的军号

从前有一个身无分文的男人。他年纪轻轻，却没了父母和兄弟姐妹，独自一人生活着。

男人一直告诉自己：我一定要做一番伟业，当一个伟人。

正在这时，西边爆发了战争。

得知这一消息，男人跃跃欲试，对自己说："好吧，我要去打仗了，我要成为一名打胜仗的大将军！"

于是，他一路向西边进发。由于囊中羞涩，他不能坐火车或乘汽车，只得一边乞讨，一边一点点往前走。

"哪里有战争，你知道战争在哪里吗？"

他四处打听，不经意间走了一两个月。

终于，男人快到前线了，远方隐约响起了炮火的轰隆声。

"啊，这炮声是多么雄壮呀！"

男人兴奋不已，不禁加快了脚步。

天黑下来，他来到一个寂静的村子。里面十分安静，似乎连猫狗的叫声都听不到。家家户户都紧闭房门，路灯也漆黑一片。男人一头倒在花圃边的窝棚里，睡了过去。

睡梦中，他梦到自己成了一名威风凛凛的大将军，胸前挂满了荣誉勋章，手上握着一把耀眼夺目的宝剑，气宇轩昂地骑在马上。

不久之后，天亮了。男人醒了过来。咦？发生了什么事？面前的花圃怎么被踩得乱七八糟的。

"唉，什么人糟蹋了这么漂亮的花圃？"

男人扶起一棵被践踏倒了的花朵，意外发现花梗下有一把黄铜色的军号。

看到军号后，男人开心得不得了，也顾不上再管花圃了。

"啊，好漂亮的军号。我可以用它去立功了，让我去做一名号手吧！"男人高兴地喊道。

但是，天亮之后，村里仍然是空荡荡的，没有人烟，连窗户也都关着。可男人由于太兴奋了，根本没有注意到这些。他一边吹起军号，一边往前走去。

走到另外一个村子的时候，男人的肚子有些咕咕叫了。

可这个村子里也几乎没什么人，不过还好，多少还能找到几个人。

男人来到一户人家的窗下，向主人恳求道："我实在太饿了，求您给我口吃的吧！"

房间里有两位上了年纪的老人，正要举刀将面包一分为二的时候，见到男人饥肠辘辘的可怜模样，便将面包分成三块，把其中一块分给了男人。

"你要去什么地方呀？"善良的老人问道。

"我要去前线，当一名成功的号手。"

说完，年轻人在两位老人面前吹起嘹亮的军号。

嘟嘟嘟嘟，
全体注意，
拿起利剑！

嘟嘟嘟嘟，
扛起钢枪，
举起旗帜！

嘟嘟嘟嘟，
快，快，快，
奔赴前线！

嘟嘟嘟嘟，
嘟嘟嘟嘟！

两位老人深深叹了口气，说道："我们已经吃尽战争的苦了。由于长年战乱，农田被毁了，庄稼也没有了。将来靠什么活下去呀？"

男人跟老人们道别后，又继续前进。事实果然如两位老人说的一样，车轮和马蹄将农田破坏得乱七八糟。

村子里人烟稀少，留下的人也都是一副惨白沧桑的面孔。

男人有些可怜起这些人来了，他想了又想，最后决定不奔赴前线了。

"就这么定了，我要留下来，帮助这些受苦受难的村民们。"

男人把各个村子里面留下的人召集到了一块儿，说道："大伙儿振作起来吧！我们团结起来，重耕一遍毁掉的农田，播撒麦子的种子吧！"

村民听了男人的话，感觉精神振奋，纷纷响应男人的号召，重新开始种田。

清晨，男人总是第一个起来。天还没完全亮起来的时候，男人就来到农田中央的高冈上，吹起了雄壮的军号。

嘟嘟嘟嘟，

大家起床，

天光放亮！

嘟嘟嘟嘟，
扛起锄头，
来到田间！

嘟嘟嘟嘟，
播种播种，
播下麦种！

嘟嘟嘟嘟！
嘟嘟嘟嘟！

听到军号声，村民们赶着马和牛，来到田里种田。

之后不久，种下的麦子慢慢发芽，后来广阔无垠的麦浪变成了金黄色。

音乐盒

　　早春二月，在一条人烟稀少的原野小路上，一位十二三岁的少年跟着一个夹着包裹的三十四五岁的男人，沿着同一个方向前行。

　　天气晴好，冰霜早已消融，路上湿漉漉的。

　　在空中嬉戏的乌鸦将影子投在草地上。看到人影，乌鸦警惕地飞向堤坝那边。在阳光下，乌鸦黑色的脊背闪着耀眼的光芒。

　　"小朋友，你这是要去哪里玩啊？"男人上前招呼道。

　　少年把手插在兜里，来回晃了几下手臂，笑着答道："我是去进城啊。"

　　男人觉得这少年招人喜欢，而且很不认生。他们就这样边走边聊了起来。

　　"小朋友，你怎么称呼啊？"男人问他。

　　"我叫阿廉。"少年说。

　　"连？你叫连平吗？"男人又问。

　　"不对。"少年摇了摇头。

"啊，是叫'连一'吧！"男人追问道。

"不，叔叔，我单名一个廉字。"少年更正道。

"哦，汉字是如何写？是连队的'连'吗？"男人问道。

"不是啊，这样写，一点，一横，然后写一撇，两点……"

少年蹲在原地，用小木枝在地上写了一个大大的"廉"字，又说："这个字有点难写。叔叔，你可能不熟悉这样难写的字吧。"

"嗯，真的很难写呢。"

两个人又继续走了一会儿。

"叔叔，清白廉洁中的'廉'字也这么写呢！"少年说道。

"什么，清廉的'廉'？"男人疑惑地问。

"清白廉洁就是什么坏事都不做，哪怕到神佛面前，或者被警察抓住，也不会感到一点儿慌乱和愧疚。"少年回答说。

"嗯，就连被警察逮住也不害怕啊。"男人说到这里，感觉有些好笑。

"叔叔，您衣服的兜好大啊！"少年惊叹道。

"对呀，我穿的是成年人的衣服，衣兜当然大了呀！"

"很暖和吗？"

"是说口袋里面吗？当然暖和呀，就像揣了个暖炉似的！"

"我可以把手伸进去一会儿吗？"

"你这个小鬼头。"男人笑着说道。的确有这样奇怪的少年，一旦与人熟识之后，若是不贴近对方的身体，把手伸进对方的口袋里就好像不甘心似的。

"可以伸进来哦。"

少年把手伸进男人外套的衣兜里。

"天哪！怎么一点儿也不暖和呀！"

"哈哈，真的？"男人问道。

"我们老师的衣兜才暖和呢。清晨上学时，我们都会轮流把手伸进木山老师的兜里取暖。"

"这样啊。"

少年突然问道："叔叔！你兜里有个坚硬冰凉的东西，那是什么呀！"

"你猜一猜？"

"似乎是金属做的，不小呢！估计上面还带一个螺钉似的东西吧！"

这时，男人的衣兜里传出了动听的音乐声，两人都吃了一惊。男人赶紧用手捂住衣兜口，然而音乐声却并没有就此停下来。男人环顾四周，发现周围除了他俩没有其他人，这才放下心来。衣兜传出的美妙音乐宛若天籁，萦绕在他们的周围。

"叔叔，我猜这是一个音乐盒吧？"

"是啊，也叫八音盒，你刚才按了开关，所以它就唱起歌来。"

"这音乐真好听，我喜欢。"

"是吗？你也听过这个曲子？"

"是啊，叔叔，我可以把音乐盒从兜里拿出来吗？"

"还是算了吧。"

忽然，音乐声没有了。

"叔叔，可以再放一遍这曲子吗？"

"好吧，可不要让其他人听见啊。"

"叔叔，您为什么这么害怕被别人听到呢？"

"万一被什么人听见了，人家会笑话，一个大人怎么拿小孩的玩具来玩啊。"

"说的也是哦。"

这时，男人的衣兜里又传出了动听的音乐声。

两人听着乐曲，一言不发地向前走。

"叔叔，您总是把音乐盒带在身上吗？"

"是啊，你觉得不正常吗？"

"感觉有点怪怪的。"

"为什么呢？"

"我常去找村里药店的老爷爷玩，他家里也有一只音乐盒呢！爷爷非常喜欢它，很珍惜地把它放在陈列架子上。"

"啊？你小子常去那家药店吗？"男人吃了一惊。

"对呀！我经常去玩，药店老爷爷是我家的亲戚，叔叔你也认识他？"

"呃……我也认识他。"

"药店爷爷把音乐盒当宝贝似的，碰都不让我们这些小鬼碰一下。咦？音乐又停了？叔叔，求你再放一遍吧！"少年恳求道。

"啊？你还没听够啊？"

"叔叔，我的好叔叔，让我听最后一遍吧，求你了，就再听一遍。哎呀，叔叔你听，音乐声响起来啦！"

"你这小鬼，明明自己弄响了，还装无辜，真是人小鬼大呀！"

"我哪有啊？不过稍微碰了它一下嘛，它自己就唱起歌来了呀。"

"别狡辩啦。对了，你说你经常到那家药店去，是吗？"

"因为家里离药店很近，所以我总去。药店老爷爷已经成了我的好朋友了。"

"哦？"

"可他不愿意听那个音乐盒的声音，音乐一响，爷爷就变得格外忧伤。"

"为什么啊？"

"爷爷说他一听到那音乐声，不知怎的，就会想起一个叫'周作'的人。"

"哦？……是吗？"

"周作是爷爷的儿子。听说是个坏孩子，从学校毕业之后不知去了哪里。不过，这已经是许久以前的事了。"

"药店的爷爷说起过……那个叫什么周作的儿子吗？"

"爷爷说他的儿子是个混蛋。"

"是吗？是那样的吧！他就是个混账！咦？音乐声又停了啊。小鬼，你只能听最后一遍喽。"

"真的？啊，多美妙的曲子啊！我的妹妹秋子也非常喜欢音乐盒，她临死前用微弱的声音哭着喊：'再让我听一遍音乐盒吧！'我跑到药店借来音乐盒，放给她听。"

"……她去世了？"男人问道。

"是啊，在前年过节前去世的，秋子妹妹被安葬在了林中爷爷坟墓的附近。她的墓是爸爸用捡来的圆石头搭成的。她还是个孩子呢，真可怜。之后到了她的忌日那天，我又从药店爷爷那里借来了音乐盒，在林中放音乐给她听。音乐回响在林中时，声音实在太美妙了！"

"哦……"

两人一同来到一个大池塘的边上。只见水面上有两三只水鸟。看到水鸟，少年把手从男人衣兜里抽出来，双手合十地唱道：

水——鸟，

　　水鸟。

　　快点游，

　　我有饭团送给你。

　　听到少年的歌声，男人问道："现在还有人唱这首歌吗？"

　　"嗯，叔叔也知道这首歌？"

　　"叔叔还是小孩子的时候，也经常唱这首歌来逗水鸟的。"

　　"您小时候也常走这条路吧？"

　　"是啊，去镇上读高中之前，每天都走这条路。"

　　"叔叔，你还会再回来吗？"

　　"嗯……我不知道。"

　　说话间两人走到了岔路口，男人问少年："你往哪边走啊？"

　　"我往这边走。"

　　"好吧，后会有期。"

　　"再见啦。"

　　少年一个人继续走着，他把手插在口袋里，蹦蹦跳跳地跟男人告别。

　　"小朋友，你等等！"

　　远处传来男人的喊声，少年赶紧停住了脚步，朝那边望去。只见男人不停地向他挥手致意，于是他又跑了回去。

男人来到少年的面前，露出羞愧的表情说道："其实，叔叔昨天夜里住在了药店爷爷的家中，早上出来时太匆忙了，便错把药店里的音乐盒给拿了出来。"

"……"

"小朋友，拜托你，麻烦你帮我把音乐盒还有这个东西还给药店爷爷，可以吗？"说着，男人把衣服里藏着的怀表掏了出来。

"嗯。"少年听话地接过了怀表和音乐盒。

"那么，替我向药店爷爷问声好吧，再见！"

"再见！"

"对了，小朋友，你叫什么名字来着？"

"清白廉洁的廉哪！"

"啊，就是这个名字，什么廉洁？"

"清白呀！"

"对，清白，可不能丢了它呀！只有这样才能成为真正的男子汉。嗯，这次真的要说再见了。"

"再见！"

少年手捧音乐盒，目送着男人远去。他的背影渐行渐远，最后消失在远处稻草堆后。

少年快步向前走，边走边困惑地左思右想。

过了不久，有一辆自行车从少年的身后追了过来。

"啊！是药店爷爷啊。"

"啊，阿廉，原来是你呀！"

一位裹着围巾的老爷爷从自行车上下来。由于着急，老人发出了一阵剧烈的咳嗽声，仿佛狂风吹过枯树的声音，呼呼作响。

"阿廉哪，你是从村里那边走过来的吧？"

"是呀！"

"刚才一个男人从村里出来，你赶路时碰见没？"

"看见了啊，我跟那个男人一起走来着。"

"这个，我的音乐盒，怎么会在你的手里……"

老人低头，看见了少年手里拿着的音乐盒和怀表。

"那位叔叔跟我说，在您家里错把音乐盒和怀表带了出来，要让我还给您呢。"

"他说要还给我？"

"是呀！"

"是吗？那个浑小子！"

"咦，他是谁呀，爷爷？"

"他呀……"老人刚要说话，又咳嗽不止，"他就是我儿子周作。"

"啊？真的吗？"

"他十年没回过家了，昨天他回来了。他说自己这些年在外面做了不少坏事，决定改过自新了，准备在城里的工厂好好上班。昨天我留他在家里住了一夜，没想到这小子恶习不改，早晨趁我不注意，把这两样东西给拿走了。这个败家子儿！"

"爷爷，我想您误会他了，叔叔确实是弄错了，不是故意要拿走它们的。他还告诉我说，清白廉洁可不能丢啊。"

"是吗？他真的是这样说的？"

少年把音乐盒和怀表还给了爷爷。老人双手颤抖地接过来，不小心碰到了音乐盒的开关，音乐声缓缓响起。

广袤的原野上，留下了推着自行车的老人还有孩子的身影。他们入神地倾听着美妙的乐曲，老人不禁热泪盈眶。

少年的目光从老人身上移开，转向远方刚才那个男人消失的稻草堆那边。

远方的天空，飘浮着纯白的云。

打气筒

一

村子里有很多好玩的地方。比方说铁匠铺、裁缝铺、水车磨坊、煎饼铺、木桶店，还有自行车铺等等，真是让人目不暇接。小孩子们都喜欢没事就在铺子周围看上一会儿，无论看上多少遍，匠人们精湛的技艺都让孩子们拍手叫好，流连忘返。

村里大多数孩子都知道铁匠如何点火和锻造锄头，裁缝怎么转动缝纫机缝围裙兜儿。孩子们也了解煎饼铺子的老爷爷怎样夹着蒲扇般的煎饼在火上翻面。由于熟悉流程，若是让小孩子们给匠人们顶班，他们肯定会做得很好，也许比那些匠人还要专业呢。

可是，大人们总是不放心孩子，都不让他们帮忙。即便只是趁人不备偷拿一下铁锤，老铁匠那黑亮的额头上都会冒出汗来，皱起眉头严厉地说道："那个危险！小朋友，赶紧上一边玩去！"

不过心情好的时候，工匠们偶尔也会让孩子们打打下手。比如让他们拽拽风箱，将连在一起的煎饼分割开之类的。每次帮大人们干活，孩子们都特别兴奋。然而这种幸福转瞬即逝，因为大人们从来都不明白孩子们在想什么。

正九郎常常想，如果能完完整整地补一回自行车的车胎，该是多么美好的事啊。每次蹲在自行车铺子门口，看着店铺老板干活儿，正九郎总是很眼馋，就跟看到了一桌好菜好饭似的。

可是，正九郎深知自行车铺老板的脾气不太好。店主的头发没剩多少了，脖子和眉毛都很粗，总是紧板着脸，也不爱和孩子们聊天。偶尔开口说话，也惜字如金，像要咬人似的。尽管如此，村民们还是都说老板人不错。

正九郎很害怕这个店主。有一次，当他正在抠掉进门口地缝里的滚珠时，老板看到了，狠狠地骂了他一顿，吓得他以为遭到五雷轰顶了呢！正由于店主的脾气不好，所以正九郎尽管心里真的很想帮店主补胎，却实在不好意思开口。

碰巧有一天，正九郎终于等来了实现心愿的机会。

这一天，正九郎放学后回了家，按照妈妈的吩咐，换上了一条刚刚洗过的白裤子。天气晴朗，六月的阳光晃得他睁不开眼睛。邻家墙边的麦子向着太阳仰起了脸，母鸡在鸡窝里发出"咕叽咕叽"的声音。整个村子都是那么祥和安静。正九郎闲着没事，在街上溜达着。可他知道，这种时候准会有什么事情要发生。

果然，加平在正九郎的耳边窃窃私语道："正九郎，告诉你一个好消息！"

正九郎一愣，看着加平说："能有什么好事呀？'

加平告诉他说，今天自行车铺的店主和大婶去教派参加活动，清晨就走了，现在店铺里只有一个名叫八公的小伙计在看店。

真是个千载难逢的好机会啊！

加平和正九郎两个人鬼鬼祟祟地研究了一会儿。然后这俩孩子就赶紧行动起来了。打发走八公那还不是易如反掌的事？八公嘴馋爱吃东西是出了名的。只要告诉八公说，加平家地里的枇杷熟透了，请他去吃，他肯定会离开店铺的。可是，正九郎一想到八公贪嘴地吃着黄枇杷的样子，又有些羡慕起他来。

两个人朝自行车铺子走着，一边走一边计划着每一步该如何实施，还没到门口他们甚至已经在想怎么补胎了。谁知到了店铺门前，竟感到前面似乎困难重重。连看着店铺的大门都觉得有些怪怪的，他俩就这样站在路边踌躇了好长时间。

还是加平的胆子大一些，毕竟他的父亲是个杀兔子眼都不眨的人。加平先进了店铺，正九郎看着加平的背影，瞬间似乎有一种不祥的预感，他不禁有些想打退堂鼓。

令人意外的是，事情却进展得很顺利。加平正和躺在那里看隐身术书的八公聊天。八公还是跟往常一样坐在店里，没心没肺地谈天说地，一点儿也没有怀疑加平。正九郎这才鼓足勇气大摇大摆地走进了店铺。

还没聊几句，八公这个贪嘴的家伙就委托他俩照看一下店铺。

"辛苦你俩了，有客人来了就去喊我啊。"

正九郎"嗯"地答应了，加平又补了一句："客人一来，我就在火警瞭望塔上挥舞帽子，你看见了就赶紧回来吧。"

二

这下两个孩子接管了自行车铺，心里别提有多兴奋和惊喜了。现在该做点什么好呢？

他们悄悄地绕着铺子看了一圈。天棚上吊着旧自行车和车轮，架子上放着好看的自行车油和橡皮胶水罐，一捆子车链挂在柱子上，旁边放着满是油污和铁锈的修理台还有工具箱。一想到这些东西现在全都归他们自己管理了，俩孩子的心情变得格外激动起来。

两人默默地站在那里，有点不知所措。要是不逞能就好了。可如今想反悔也为时已晚。算了，怕什么？补胎其实也没什么大不了的嘛。

后来，也不知过了多久。两人百无聊赖地等着活计，心中思忖道：来修车的人可真少啊！别说找不到修理爆胎的活儿，甚至从门口经过的自行车都屈指可数。于是，他俩将修车工具拿了出来，这还是他们第一次摆弄这些工具呢。加平来到店门口，观察着南来北往的行人，等着自行车爆胎的人来修车。

终于，一个推着自行车的男人出现了。他穿着西装，手里拿着一个皮包。他将爆了车胎的自行车推到阴凉处，满头大汗地走进了自行车铺子。

"喂，小家伙！家里的老板在吗？"

叔叔把他俩当成了店主的孩子。这可是他俩梦寐以求的啊。

"我们，我们俩也懂修自行车。"加平说。

叔叔似乎是走累了，将自行车交给他们后，便一头扎倒在躺椅上呼呼睡去。这下可乐坏了加平和正九郎，干活儿时无人观瞧，他们才能干得舒心顺手。这个道理也很简单，好比一个人在没有别人在场的地方吃东西，就会吃得分外香甜。

两个人兴高采烈地开始修自行车，感觉像在做梦似的。只有亲自修理过自行车的人，才能体会这种快乐的心情吧。

首先将轮胎卸下来，然后给内胎打气，再将又鼓又有弹性的内胎放到水里找破洞，如果有咕嘟咕嘟冒小水泡的地方，那就是找到爆胎处啦！

接着，拿一把锋利的长剪刀，咔嚓咔嚓地剪下一块补胎用的橡皮。先剪成像卡片似的四方形，再将四个边角剪成圆的。最后将食指伸进橡皮胶水罐里，把黏稠的、散发着香味的胶水涂在橡皮和内胎破洞处。天哪，这真是一件让人兴奋不已的工作啊！

一开始这两个孩子兴奋过头了，手总是互相撞在一起。可过了不一会儿，他们就像模像样地补起胎来，好像自己真的是自行车铺子家的孩子一样。为了干活，正九郎那条刚洗干净的白裤子也不小心弄脏了。

既然是做自己热爱的事，也就顾不了那么多了。

可是，到底还是发生了意外。轮胎补上之后，正九郎拿着打气筒开始打气，不知怎的，打气筒打着打着突然失去了阻力，气泵用不了了。反复压下和提起五六次，怎么弄都像是在水中插棍子一样。正九郎和加平面面相觑，不好，这下可闯了大祸了啊！正九郎一阵紧张，感觉眼前发黑，耳朵里也嗡嗡直响。

这可怎么办才好？然而那位顾客叔叔似乎还什么都不知道呢，他把十块钱塞到加平手里，骑上自行车便走了。

剩下两个孩子在店里沮丧不已，为他们闯下的大祸而发愁，原来所谓的不幸就是陷入这般境地啊！

"这件事可与我无关啊！"加平说。

加平到底还是自私自利啊，正九郎难过得几乎要哭了。可他明白，这个祸闯得不小，哭也是自费力气。这件事就像一块大石头似的，狠狠压在正九郎的心口上。就跟玩骑马游戏时，众人都压到了他的背上一样，正九郎感到胸口难受极了。

正九郎以为加平一定会告诉八公这件事。可他想错了。当八公吃了不少枇杷回来时，加平交给他客人留下的十块钱，简单与他寒暄了几句之后，就没再提别的事。

然而，正九郎却想着还不如告诉八公实情。如果那样做的话，他就可以痛痛快快哭出来了。

隐瞒错事真的好难受啊！他俩不敢朝打气筒看，就怕引起八公的怀疑。而且，还要按照八公的意思聊天，否则说不定哪句话说岔了，就会聊到打气筒上。虽说这样，正九郎还是偶尔朝打气筒那边偷眼观瞧。他真是特别担心，仿佛打气筒随时都会走过来对他说："就是你，正九郎！是你把我弄坏的！"

赶紧远离打气筒，恐怕是最好的办法了。

当我们内心焦灼的时候，最好的解决方式，便是远离让我们感到焦虑的东西。这个道理就跟谁见了可怜的乞丐，都会从乞丐的面前快步走过一样。

八公把那十块钱扔进了手提钱箱,钱币发出了"当啷"的响声。两个人趁机走出了自行车铺。正九郎心里暗想,我恐怕再也不会来这个地方了。两人提心吊胆地走到看不见自行车铺的路口时,才稍微放松下来。

可他们面前还有不少困难等着解决呢。正九郎好不容易放下心来,就发现自己刚洗好的白裤子已经变得脏兮兮的了。而加平正担心八公吃了太多枇杷,害得自己要被爸爸臭骂呢。加平的父亲可是很凶的,杀兔子或杀鸡时连眼睛都不眨一下呢!

两个人就跟斗败了的公鸡似的,无精打采地站在那里,神情悲伤地看着夜幕的降临。好像他们已经山穷水尽,似乎一切都到此为止了。

三

可事情却远远没有结束。

还有那个令人绝望的打气筒呢!之后的第二天,第三天,正九郎心里还在担心着打气筒的事。他觉得村里的人好像都知道了这件事情似的,再也不敢正视他们的脸。老师每次登上早操台的时候,正九郎总是忐忑不安,害怕老师提起打气筒的事。他再也不敢去自行车铺了。

若是能从打气筒的阴影中彻底走出来，正九郎恨不得自己变成一缕青烟飘走。

然而，他害怕的事情终于还是来了。

那件事过去一个礼拜后的一天傍晚，妈妈递给正九郎一个包袱皮，对他说："你赶紧去一趟自行车铺，买二十块钱的鸡蛋。"

终于还是没能躲过去，正九郎心想，他感到自己的脸忽然间变得毫无血色了。

"妈妈，可以去清太家买吗？"

妈妈好像故意和正九郎唱反调似的说："清太家的鸡蛋小，买了不合算。"

这是妈妈的老观念了。

正九郎无可奈何地出了家门。他心里念叨着，再拐三个弯就到自行车铺了。还有两个弯，一个弯。他还想，若是背着母亲去买清太家的鸡蛋会如何呢？可这个念头只是在他心头闪了一下便作罢。若换成是加平，他也许会做出那种事情来……啊，最后一个弯也拐过去了，似乎有一个无形的东西正在拉扯着正九郎，看来是躲不过去了……

正九郎就像去警察局自首的小偷一般走进了自行车铺。他下定了决心，就算可怕的老板拿着木棒在等他，他也得规规矩矩地认错。不过，当他得知老板没在家时，又变得开心起来。

　他以为人家早就发现这件事了，然而，当擦着破车的八公看到正九郎时，竟然没说什么。听他说要买鸡蛋，就去厨房门口转告给了大婶。看来事情好像跟自己的想象有些出入，正九郎觉得挺不可思议的。如果他们问我这件事的话，我就应当道歉——他在路上来回念叨着的那些愧疚话，此时却堵在喉咙里，怎么也说不出来。可他这样，心里还是很难受。

　大婶走了出来，用围裙兜着一些鸡蛋。只见她将正九郎拿来的包袱皮放在榻榻米上铺好，又将围裙里的鸡蛋放进包袱皮里。大婶还像平时那样对他，她应该还不知道这件事。可打气筒到底如何了呢？

　正九郎并没有故意去看，可他一进来就知道打气筒在什么地方。这就好比不用手摸，也了解哪里有疖子似的。然而，一个突然出现的闯入者摸到了正九郎的疖子。

　正当正九郎愣神的时候，木桶店的次郎快步走了进来，说了声"对不起，我用一下打气筒"，便拿起打气筒出了门。

　正九郎一惊，就像有人用手指戳了一下他的疖子似的。他感到手足无措，胸口疼了起来，耳朵里也嗡嗡作响。

　尽管只是片刻间发生的事情，可在正九郎看来，这个过程竟然那么漫长而痛苦。若不是听见了打气筒发出的"刺——刺——"声，正九郎真的不知道怎么办才好。他都有点不敢相信自己的耳朵了，可是没错，打气筒在屋檐下发出了正常的打气声"嘶——嗤——"，好像一个壮汉咬牙时，气体慢慢地从牙缝里透过一样。

大婶把鸡蛋都放进了包袱皮里，然后又送给正九郎一只小鸡蛋。

"这是奖励给你的，刚下的蛋，还热乎乎的呢。"

正九郎拎着包袱，手里握着热乎乎的鸡蛋，走在回家的路上，感到久违的心旷神怡。他的心情就像是疼了许久的蛀牙被拔掉了似的。好漫长的折磨啊！没有烦恼，心情是多么愉快啊！似乎连空气都变清新了，世界也变美好了。若是此刻有人用手指碰碰正九郎的话，他准会躬身笑弯了腰，酣畅淋漓地笑个没完。笑完之后，就那样躺倒在篱笆墙下。

经过煎饼铺子的前面时，正九郎突然飞奔起来，一口气跑回了家。

铁匠的儿子

有一座远离海岸的斜坡小镇，无论过去多少年，总是闭塞而落后。

街道不宽，总是黑黢黢、脏兮兮的，路的两旁是密集的房屋，微弱的阳光照耀着房檐的白灰，过往行人似乎都不太在意阳光似的，一副很麻木的样子。

有一位少年名叫新次，他出身于一个铁匠家庭。父亲是个嗜酒如命的酒鬼，母亲在他很小的时候就离开人世了。他还有一个傻哥哥，虽然年纪不小了，可还穿得跟个小孩子似的，每天都跟邻居家的孩子们一块儿玩耍。哥哥的名字叫马右卫门，可是没人这样称呼他，取而代之的是"马"。

"马，你聪明吗？"

"聪明。"

"你想要当什么呀？"

"当大将。"

哥哥不知道小朋友们是在嘲笑他，还是那么认真地回答。看到这里，新次感到难过极了。小朋友们总是戏弄哥哥，害得哥哥经常掉进沟里，弄脏了衣服。每次碰到这种情况，新次都得为他洗脏衣服。

"哥哥！"

新次明知即使这样呼唤哥哥，马右卫门也不会回应他的（只有没人再叫他"马"了，他才会答应的吧），然而，新次还是喊他哥哥。望着自己的傻哥哥，新次多希望他喊一声"哥哥"，哥哥就"哎——"地回应一声啊！

自从去年小学毕业后，新次就开始帮爸爸干活儿，另一方面，还承担起了家中主妇要做的所有家务。

他每次做完家务，躺在冰冷的床上时，时常自言自语："如果妈妈还在世就好了。哪怕马右卫门能再乖巧一点也好啊，至少能帮爸爸拿拿铁锤。唉，要是爸爸能戒酒就好了……"

可他马上又否定了自己，苦笑道："要是这些愿望都能变成现实，那所有的人就都会过上幸福的生活了。"

父亲嗜酒如命，哪怕是在铁匠铺劳作的时候，也会跑出去喝酒，回来时已经喝得醉醺醺满脸发青，目光呆滞了。他的脸色越发难看了，连眼睛都变得浑浊起来。甚至去参加葬礼时，也大口大口地喝酒，然后冲着伤心不已的人们乱喊一通，搞得镇子里的人都对他无可奈何。

父亲已经年近六旬了，身材高大，一喝多了就躺在床上蒙头大睡，而且不打鼾，安静得就跟死了似的，醒来后眼中溢满了泪水。每次看到父亲这样，新次就感到特别悲伤难过。

一天，学校的老师来新次家里家访，劝他父亲戒酒。可父亲却说："酒就像是毒品，毒性很烈，还不好喝，苦涩得很，我也很想戒，却怎么也戒不掉。"说完，哈哈大笑起来，声音中充满了空虚感。

这时，马右卫门回来了，他拿出一根如栅栏般粗的铁棍，悄悄地扔进了火里。新次正在专心地干活儿，所以没有去搭理他。铁棍烧得通红，马右卫门开始砸了起来。铁锤每次砸下去的时候，马右卫门那晒得通红的脖子上面肌肉就一颤一颤的。新次高兴地看着他，一种像是使劲儿拧一条湿毛巾似的愉悦感，瞬间布满了全身。马右卫门真是个大力士！大力士啊！

"这是要造什么呀？"

"大刀呀。"马右卫门流着口水说。

"大刀？造类似大刀那样的东西？"

新次一下子失落起来，就像原以为捡到了一个香甜的果子，却发现那不过是个空壳。他忽然很想拼命地打马右卫门一顿，可呆呆地望了一眼哥哥那紧绷着的脖子后，终究还是没有那样做。

当镇子启动修建贯穿全镇的电车道工程之后，一下子来了许多朝鲜人，打铁的活计变得多了起来，新次家的生意也好了不少。

尽管父亲和新次都卖力地干着活儿，但是父亲依然每天酗酒喝得烂醉。

"爸爸，求求你适可而止吧，喝酒对身体不好，还削弱了干活儿的精力啊。"新次哀求父亲。

"是呀，我知道喝酒伤身，酒味又苦涩，可我就是戒不掉它呀，你们可千万不要学我啊！"父亲叹道。

昏暗的灯光下，父亲忽然睁开眼睛，看到马右卫门正在神龛边喝着酒。新次吓了一跳，感觉像发现了个小偷似的。在安静的红色灯光下，马右卫门正咕嘟咕嘟地大口喝着酒。父亲因为今晚觉得难受，所以酒只喝了一半，而马右卫门左手拿着的，正是父亲没有喝完的那壶酒。

"马卫！"

躺在新次旁边的父亲，突然抬起头来喊道。

马右卫门转过头，他脸色发红，嘴不由自主地张开着。

父亲的肩膀上下颤动着，呼吸也变得急促起来，新次突然觉得父亲变得好可怕。父亲兮气地看着傻里傻气的马右卫门，瘦骨嶙峋的手在不停地发抖。

"马卫，你怎么喝酒了？……"父亲跌跌撞撞地走近马右卫门。

"混账！"父亲斥责道，他"咣"地打了正在傻笑的马右卫门一个耳光。马右卫门疼得傻笑不出来了。父亲痛苦的呼吸变得急促起来。

父亲还要过去打马右卫门，新次赶忙挺身冲了上去，挡在哥哥前面。

"爸爸，马是个傻子，你打他干什么呀？"

父亲闭上眼睛，声音发颤地说："唉，说的是啊，马卫是个傻子啊！"

说完，他盖上被子，又躺回到床上。这一番闹腾之后，酒都洒在了地上。马右卫门也盖上被，睡觉去了。新次简单收拾了一下之后，也躺在了床上，可他却久久不能入睡。

"新次！"父亲小声喊道。

"我在。"

"我今后不会再喝酒了。"父亲在被窝中说道。

父亲果真戒酒了。可是，不知道身体出了什么毛病，父亲从此卧床不起。

新次只好一个人举起了铁锤。父亲眼看着一天天瘦了下去。可由于他平时嗜酒如命，没什么好友，所以也就没人来探望他。

新次挥动铁锤的时候，不禁思忖，照这样下去，父亲会不会去世啊？

如果父亲真的死了，这个家可怎么办啊？我年龄还小，马右卫门又是个白痴……

新次买了酒，来到父亲枕边，喊道："爸爸！爸爸！"

父亲动了一下昏沉的头，应道："嗯。"

"我买了瓶酒，您尝尝吧。"

"买了酒？新次，谁让你买酒的？"

父亲的声音很微弱，像是在训斥新次，可眼里却噙着泪花。

"爸爸，喝一口吧。"

新次一声不响地离开了床边，来到作坊中，把头轻轻地靠在漆黑的柱子上，号啕大哭起来。

这是一个远离海岸的斜坡小镇，无论过去多少年，依然闭塞而落后。

拴牛的山茶树

一

在深山的路旁，有一棵小山茶树。利助将牵着的牛拴在了这棵小树上。

人力车夫海藏也把他的人力车停在了拴着牛的山茶树下。

然后利助就和海藏一起到山里喝水去了。有一眼山泉离路边只有一百米左右，昼夜不停地喷涌出清凉的泉水。

两个人俯下身子，双手撑在泉边的植物上，轮流感受着泉水冰凉的气息，像鹿似的饮着泉水，喝了个水饱。

深山里的春蝉鸣叫了几声。

"啊，春蝉已经在叫了，看样子天气马上就要变暖了。"海藏戴上圆草帽说道。

"以后每次路过这里，就来喝这眼山泉的水。"

喝了泉水的利助流了很多汗，他边说边用手巾擦着汗水。

"若是靠近路边就好了。"海藏说。

"是呀！"利助赞同地应和着。喝过这泉水的人，大都会这样说。

两人回到山茶树边时，远远地看到树边停着一辆自行车，旁边还站着一个男人。那个年代日本才刚刚引进自行车，在乡下，只有有钱的老爷才能买得起自行车。

"那人是谁啊？"利助小心翼翼地问。

"也许是乡长吧。"海藏回答道。

走到近前看了一眼，原来对方是镇上一个上了岁数的老地主，他拥有附近的大片土地。

此时，地主正在大发雷霆："我说，这是谁的牛？"

一看到他们俩走过来，地主就暴跳如雷地吼上了。那正是利助的牛。

"这是我的牛啊。"

"你的牛？瞧瞧，你的牛吃光了我家山茶树的叶子，树都变得光秃秃的了。"

两人朝拴牛的山茶树上看去，只见牛吃光了嫩叶，只剩下树干光秃秃地站在那里，像一根丑陋的拐杖。

利助心想，这下可麻烦了。他羞红了脸，赶忙解开拴牛的绳子。为了表达自己的歉意，他还故意用缰绳抽了牛几下。

可地主还是不依不饶，像训斥孩子似的，大骂了利助一顿，接着用力拍响了自行车的车座，说："哼，气死我了！你必须给我把叶子恢复过来。"

这可如何是好呀。

海藏赶忙摘下圆草帽，帮利助说好话："算了，请您原谅他吧。利助把牛拴在树上时，哪知道牛会啃山茶树的叶子呀。"

地主好不容易才消了火气，可由于刚才破口大骂了一通，所以身体还在不停地颤抖。他蹬了几下车蹬子，便扬长而去。

利助和海藏一起向村子里走去。一路上，他们一句话都没有说。他们也都是成年人了，就这样被别人数落一顿，心里实在是不好受。车夫海藏能够理解利助的心情。

"要是泉水离路边近一些就好了！"

"是呀！"

利助应声答道。

二

海藏来到了人力车夫们经常聚集的地方，这里其实就是村子街头的一家点心店，海藏在这里遇到了挖井的工人新五郎。此时，新五郎正一边吃着麻花，一边高谈阔论着一些闲事。因为他干活儿时总是从井底向上喊话，所以说话的嗓门格外大。

"喂，水井新，挖一口水井大概要花多少钱啊？"海藏也从点心盒里拿了一根麻花，边吃边问道。

水井新详细地说明了人工的费用，围水井用的陶管的费用，以及填补陶管接缝的水泥的费用，最后总结道："一般来说挖水井的话，只要三十元钱就可以了。"

"啊，要三十元呀！"

海藏瞪圆了眼睛，继续咯吱咯吱地吃着麻花，又问道："要是在新田山脊那一带挖井，能挖出水吗？"

利助上次拴牛的山茶树那一带，就是海藏所说的新田山脊。

"嗯，那里应该可以挖井的，前面有山泉，肯定有水。可是，为什么要在那里挖井？"水井新问道。

"嗯，我就随口问问。"海藏只是含糊地答道，没说为什么。

当海藏拉着空人力车回到家里时，嘴里还在不停地念叨着："三十元啊……三十元啊。"

竹林前的一间小茅草屋里，住着海藏和也上了岁数的老母亲。母子俩平时以种田维持生计。到了农闲的时候，海藏便靠拉人力车为生。

母子二人吃晚饭的时候是最开心的，他们边吃边闲聊白天发生过的事情。老母亲说，邻居家的母鸡今天第一次下蛋，可鸡蛋却小得可怜；蜜蜂昨天和今天都飞过来了，似乎要在后门的刺叶桂花树上筑巢呢——若蜜蜂真要在那筑蜂巢的话，以后去大酱棚拿大酱可就麻烦了。

海藏跟母亲聊起今天喝泉水时，利助的牛吃光了山茶树叶子的事。

"要是那一带路边有口水井就好了。"

"是啊！路边若是有口水井的话，大家喝水就会方便多了。"

说完，母亲便提起了经过那条路的各种人，有从火野镇拉车来卖油的，有从半田镇向火野镇送信的，还有从村里跑到中田镇换烟袋嘴的阿富，以及马车夫、牛车夫、人力车夫、拜佛的人、乞丐以及学校的学生等，这些人走到新田山脊时，都正口干舌燥呢。

母亲又说："所以说嘛，要是路边有一口水井，大家可就方便多了！"

海藏对母亲说："大概花三十元钱就可以挖一口水井。"

母亲说："对于我们这种穷人家来说，三十元钱可不是个小数目啊！不过，对利助那样的暴发户来讲，三十元钱也许根本无所谓。"

海藏忽然记起，听说利助前阵子靠山林赚了不少钱。

洗了澡之后，海藏便朝着利助家走去。

后山的猫头鹰发出了咕咕的叫声。仁左卫门家就住在山崖上。屋里念经声响了起来，窗户映着屋里的灯光，崖下的山路上也可以听到木鱼声。虽然时间已经不早了，可当海藏到达利助家时，只见勤劳的利助还在牛棚里卖力地干活儿呢。

“真勤快啊！”海藏说。

“原来是你啊！我后来又去了两趟半田镇，所以回来晚了。”

说着，利助从牛肚子下面钻了出来。

他们在走廊上坐了下来。

“今天咱俩路过新田山脊时，你也看到了。”海藏开口说道，“若是在那条路附近挖口水井，那可就方便大家了啊。”

“那倒是。”利助应声说道。

“正是由于泉水离路边有一些距离，才害得我们没注意到牛儿吃了山茶树的叶子。”

“没错。”

“花三十元钱，就能够在那里挖一口水井了。”

“哦，三十元钱啊。”

“是啊，只要三十元钱就可以。”

“要三十元钱呢。”

虽然嘴上应和着，可利助并不明白海藏的意思，于是，海藏只好把话直说了。

"利助啊，这笔钱你就出了吧，听说你靠山林赚了一大笔钱呢。"

利助刚才还聊得挺热络，听了这话后，一下子沉默了，他还用手在自己的腮帮子上拧了一把。

"行吗？利助。"过了不久，海藏又催问他说。

可利助仍然跟块石头似的，一声也不吭。看来，利助并不想在这件事上花钱。

"三十块钱就能挖井了呀。"海藏再次说道。

"可为啥要我出这三十块钱呢？喝水的人又不是只有我一个，其他人也喝呀，凭什么要我自己出钱呢？我实在想不通。"利助终于开口道。

海藏反复解释说这件事大家都会受益的，然而利助还是不答应。最后，利助告诉海藏："这件事就到此为止吧。"

说完，他冲着屋里大喊道："孩子他妈，做好饭了吗？我可饿坏了。"

海藏赶忙起身站起来，他这才明白，原来利助这样努力工作只是为了他自己的生活。

海藏走在漆黑的夜里，他想：看样子，这件事没法指望别人，只能靠他自己了。

三

在新田山脊的那棵山茶树上，来往的行人们发现了一个小木箱子，那是海藏挂上去的布施箱，箱子上有块牌子，这样写道：

　　　　我想在这里为路人们挖一口水井。有意者请
　　将钱施舍在这个箱子里，哪怕一钱、五厘也好。

这是海藏做的牌子。五六天之后，他趴在山茶树对面的山崖上，将头从金雀花下面探出来，观察人们施舍的情况。

过了一会儿，从半田镇那边来了一位推着婴儿车的婆婆。也许是才卖完花回来吧。

婆婆的眼神落在了小木箱上，盯着牌子看了片刻。可婆婆不识字呀，只听她嘀咕着："这里也没有地藏之类的菩萨呀，为什么要在这儿挂一个布施箱呢？"

说完，婆婆就离开了。

海藏把托着下巴的右手换成了左手。

接着，一位罗圈腿的老爷爷从村子那边走了过来，他把后襟掖在了裤腰里。

"那不是庄平的爷爷吗？老爷子虽然是上一辈的人

了，可应该是识字的。"海藏喃喃自语道。

"这是啥呀？"

老爷爷看了看小木箱，然后弯下腰，开始读起牌子上的字来。读完之后，他感叹道："好想法，哈哈，好想法啊！"接着他摸了摸兜，海藏原以为爷爷会施舍点钱，可没想到他掏出来的只是一只旧烟盒。老爷爷在山茶树底下抽了一支烟，然后就离开了。

海藏爬起来，朝着山茶树那边滑了过去。

他拿下了小木箱，一看，里面空空如也。

海藏失落地叹了口气。

"看来还是指望不上别人哪，只能靠自己的努力了。"

海藏一边说着，一边又向新田山脊爬过去了。

四

第二天，海藏送客人到了大野镇后，又回到了村里，然后去了茶馆。很多车夫拉完一单活儿之后，都会来到茶馆歇息，顺便等候下一位客人。这一天，已经有三位车夫先于海藏在这家茶馆里歇息了。

跟往常一样，海藏四仰八叉地躺在了放着糕点盒的台子后面，伸出手拿了一根麻花。由于车夫们在等候客人的这段空隙里几乎无事可做，便养成了一个顺手打开糕点盒盖，从里面拿些麻花啦、糯米花糖啦、烤鱿鱼干和高粱饴糖等零食的习惯。海藏也不例外。

可是，这次海藏却把刚拿到手里的麻花，又塞回了盒子里。

车夫阿源看到了这一幕，问道："怎么不吃啊？海藏，难不成麻花上撒了老鼠屎？"

海藏满脸通红，答道："哪有啊，我就是今天有点不舒服，不想吃。"

"嘿嘿，你看着气色不错啊，怎么会吃不下去呢？"阿源又说。

过了不久，阿源从玻璃罐里拿了一把糖块儿，将其中一颗往上一扔，然后再用嘴接住，说道："怎么样，海藏兄，咱们还玩这个游戏吧。"

直到昨天，海藏还常常跟阿源一起玩这个扔糖游戏，接糖球少的一方要请另一方吃点心。海藏一向擅长这个游戏，其他车夫都比不过他。

可如今海藏却说："我的大牙从早上起就疼得厉害，什么甜食也不敢吃。"

"这样啊，那好吧，阿由，我们俩一起玩吧。"

说完，阿源就和阿由玩起了这个游戏。

两个人将多种颜色的糖块抛向空中，再用嘴去接，糖块有的刚好掉进了嘴巴，有的却砸到了鼻子上，或者掉进了烟灰缸里。

旁边的海藏就这样看着他们玩，心想，若是自己的话，肯定每个都能接住。看到阿源和阿由频频失误，海藏心里痒痒的，他好想说"来，还是让我展示给你们看吧"。可他还是忍住了，什么也没说，这感觉真的好难受啊。

快点来客人就好了，海藏眯着眼睛，望向明晃晃的马路。然而，客人还没出现，店里的老板娘却将刚烤好、热气腾腾的大煎饼端了出来。

车夫们见了，兴奋地一人拿了一张。海藏也想拿，可最终还是没去拿。

阿源见了，又问道："海藏，你到底怎么了？突然变得这么节俭，你不会想攒钱盖大粮仓吧？"

海藏苦笑了一下，径直走到了茶馆外面。他从水沟边捡来了一根莎草，用它逗起青蛙来。

这一刻，海藏暗自下了决心，今后他要把吃零食的钱慢慢积攒起来，然后在新田山脊下边挖一口水井，让大家都能喝上泉水。

海藏的肚子和牙齿其实一点都不疼。他也很想吃零食。可是为了给大家挖井，他打算改掉以前的习惯。

五

就这样过了两年。

曾经被牛吃光叶子的山茶树开出了三四朵花。有一天，海藏来到了位于半田镇的地主家里。

近两个月来，海藏一直往地主家跑。挖井的钱他准备得差不多了，因为怕地主不同意挖井这件事，所以屡次登门拜访。而这个地主便是上次团利助的牛吃光了山茶树叶子而破口大骂他们的那位老爷。

海藏来到门前时，听见屋内传来了一声响亮的打嗝声。

原来老地主从昨天起就一直在打嗝，他的身体很不好，已经一病不起了。于是，海藏赶忙跑到枕边去探望地主。

老地主在被子里浑身颤抖，一会儿便打一下嗝儿，他一看到海藏，就固执地告诉他："没用的！无论你来我这里多少回，我都不会答应挖井的。他们说，再打一天嗝儿，我就活不了了。可即便死期将近，我也不会答应你的。"

海藏想，跟一个濒临死亡的人耗下去也没什么意义了。于是，他说出了一个治疗打嗝儿的秘方：将一根筷子置于碗上，然后一下子喝光碗里的水。

正当海藏走到大门口时，地主的儿子追了过来，说道：

"家父实在是有些太固执了，真拿他没办法。不过，等我将来继承了家业，肯定会支持你挖井的。"

听了这话，海藏欣喜若狂。看老人那虚弱的身体，估计活不过两三天了。这样一来，地主的儿子就能继承家业了，他会同意挖井的事，这真是太好了！

这天，海藏吃过晚饭，跟年迈的母亲聊天说："那个固执的老爷子去世之后，他儿子就会答应我挖井的事。那老头最多只能活两三天了，这真是太好了。"

听了海藏的话，年迈的母亲叹道："孩子啊，人不能只顾着自己，连良心都不要了。你这样盼着人家去世，实在是太不道德了。"

听了母亲的话，海藏感到惭愧不已。

第二天清晨，海藏又跑到了地主家。刚到门口，他就听到了像痉挛似的打嗝儿声，声音听上去比昨天还要虚弱。他明白，老爷子的身体状况又恶化了。

"怎么又来了啊，家父还没走呢。"地主儿子出来跟他说。

"是这样的，趁着老爷子还有口气，我想跟他见一面。"海藏说。

老爷子虚弱地躺在床上。海藏伏在他的枕边，说道："对不起，我是来向您道歉的。昨天您儿子对我说，等您去世之后，就会答应我挖井的事。于是，我心中便产生了邪念，盼望着您早点去世。我一心只惦念着自己挖井的事，为此竟然盼望您早点去世，我简直变成了邪恶的魔鬼。因此，我今天郑重地来向您道歉。我不想再难为您了。求求您，千万不要离开人世！挖井的事我自会另想办法。"

老人静静地听着，半晌没有说话。他仰头望向海藏。

"真让人敬佩呀！"老人开口说道，"你真是个心地善良的孩子，我这一生只顾一己私欲，很少考虑过他人，这回我算是服了你的菩萨心肠了。像你这样的年轻人，真是越来越少了啊。好，我答应你可以在那个地方挖井，随便挖什么样的井都可以。要是打不出水的话，你就换个地方，尽管挑你喜欢的地方挖，再怎么说那周围也都是我的地盘。对了，要是挖井的经费不够，我拿钱给你，多少钱都可以。我可能活不到明天了，但我会把这件事写在遗嘱上的。"

听了老人这番出乎意料的话语，海藏顿时哑口无言。不管怎么说，海藏还是感到非常欣慰，毕竟他用自己的行动感化了这个贪得无厌的老人。

六

暮春时节的一个晌午，新田山脊阴暗的上空绽放出了烟花。

从村子那边来了一支队伍，正朝着新田山脊的方向走去。海藏打扮成士兵的样子，穿着黑衣，戴着黑黄帽子，走在队伍的最前面。

从新田山脊上下来的路边有一棵山茶树。此时的山茶花已经枯萎，树上生出了浅绿色的嫩叶。路的另一头有一口新挖的水井，正处于山崖被抹平了一点的地方。

走在队伍前头的海藏停下了脚步，后面队伍里的人们也都驻足不前。只见两个放学归来的孩子从井里打出清泉，正大口大口地喝个不停。海藏开心地看着他俩。

"我也要喝个够！"

等孩子们喝完泉水之后，海藏边说边来到了水井旁。

他向井里望去，只见新挖的水井里不断地涌出清澈的泉水，看上去就跟海藏的心情一样欢畅。

他打了一桶水上来，美滋滋地喝着。

"我真是死而无憾了。虽然挖井是一件小事，可却是一件对大家都有益的事情。"

海藏好想找个人倾诉一下内心的想法，可他还是忍住了，只是开心地笑了笑，然后就朝着镇子那边走去了。

大海的另一边，日俄战争爆发了。海藏漂洋过海，投身到了这场战争之中。

七

从那以后，海藏再也没有回来过。可他打下的水井依然还在。山茶树下的井中还在不断涌出清澈的甘泉。路过的行人走累了，就来井边喝水解渴，然后又神清气爽地上路了。

花木村和盗贼们

一

从前有五个盗贼，他们从北方沿着小河走到了花木村。

正值初夏时节，天气晴朗，嫩竹的绿芽在空中伸展，松蝉在林中"知了知了"地鸣叫着。

在花木村入口处，有一片长着山楂树和苜蓿草的绿地。一群放牛的孩子正在草地上嬉戏着。竹林边有一条小河，水声潺潺，一直流过村庄，推动着水车咕噜咕噜地转啊转。看到村子这样富足和睦，盗贼们喜上眉梢，心想村子里一定有不少值钱的东西。

他们钻进了竹林，这时盗贼头子说道："我在竹荫这儿等着，你们几个先进村里溜达一圈。你们才刚入盗贼这一行，别迷迷糊糊的，要小心观察那些有钱人家的窗户是否结实，院里有没有养狗，都给我看清楚了。听懂没有，釜右卫门？"

"听懂了。"釜右卫门回答道。他昨天还是个走街串巷的锅匠呢，专门给人打造铁锅和茶炉子之类的物件。

"听懂没有，海老之丞？"

"明白。"海老之丞回答道。他直到昨天还是个锁匠，专门负责给人修锁。

"听懂了吗，角兵卫？"

"懂了。"少年角兵卫回答道。他是从越后地区来的一个舞狮艺人，昨天他还在人家门外表演倒立和翻筋斗，赚点小钱维持生计。

"听懂了吗，刨太郎？"

"明白了。"刨太郎回答道。他是来自江户的一个木匠的儿子，直到昨天还在到处观察寺院和神社的门窗，一门心思地钻研木匠的手艺呢。

"好了，走吧！我是老大，就在这儿抽袋烟等着你们。"

于是，盗贼的徒弟们一起朝花木村走去。釜右卫门扮成锅匠，海老之丞扮成锁匠，角兵卫扮作吹着竹笛的舞狮子艺人，而刨太郎则扮作木匠的样子。

盗贼头子把他们四个人打发走以后，一屁股坐在河边的草地上抽起烟来，摆出一副无恶不作的江洋大盗的模样。

"到昨天为止，我还是个独行盗呢。今天头一回当上了盗贼头儿。"盗贼头子喃喃自语，"看来当头领的滋味不错呀，那些事就让手下们去忙活吧，我只要安安稳稳地躺在这儿就行了。"

过了一会儿，徒弟釜右卫门回来了。

"头儿，头儿！"釜右卫门急促地喊道。

盗贼头儿赶紧从草丛中站了起来："你这小鬼，吓了我一跳。别叫我'头儿，头儿'的，好像在叫'鱼头'似的，叫我'老大'好了。"

"是，老大，我错了。"盗贼徒弟赶忙道歉。

"村里情况如何？"

"非常不错，有情况呀，老大，村里有个大户人家，他家烧饭的大锅可以煮三斗米呢，真的很值钱啊！另外，寺院里还有一口大钟，如果砸碎了，至少能做五十个茶炉呢！怎么，您觉得我在吹牛吗？"

"真是愚蠢极了！"头儿生气地呵斥道，"你这家伙三句话不离本行，哪有盗贼只看饭锅和大钟的？喂，你手里拎口破锅干什么？"

"哦，这是我路过一户人家门口时，看见它被挂在了桧树篱笆上。我一见锅底有个窟窿，就忘了自己是贼，于是跟那家主人说，只要二十元钱就能修好这口锅。"

"真是个糊涂虫，还做起修锅的买卖来了？你根本就没把当盗贼的事放在心上！"

盗贼头儿教训了徒弟一顿，之后命令道："再给我回村子里好好瞧瞧！"

　　釜右卫门拎着那口破锅，又回村去了。

　　正在这时，徒弟海老之丞回来了。

　　"老大，这个村子没希望了！"海老之丞喘着气说，"无论哪家的仓库门上，都没有个像样的锁，连小孩子都能拧开。这样看来，我们的买卖恐怕是做不成了。"

　　"什么买卖做不成了？"

　　"修锁啊！"

　　"你这家伙也是本性难改！越是这样的村子，我们的买卖才越好做呢。门锁不结实，对我们来说可真是再好不过了。蠢货！赶紧回去再看一圈！"

　　下一个回来的是少年角兵卫。

　　他一边吹着笛子，一边走着。所以当角兵卫人还在远处没走过来时，躲在草丛深处的盗贼头子就先听到了他的笛声。

　　"你怎么总是嘟嘟地吹个不停？身为盗贼，尽量不要发出声音！"头儿骂道。角兵卫这才不敢再吹了。

　　"你这家伙看到了什么啊？"

　　"我沿着河边一直走，看到一座小房子，院子里开满了菖蒲花。房檐下有一个老大爷，头发和眉毛都白了。"

　　"嗯，我猜那老头儿会把装金币的小罐子藏在房子的石台下。"盗贼头子猜测道。

"老大爷正在吹笛子。虽然那笛子看起来不值钱，可音乐声却极其美妙。我还是头一次听到那么美妙的笛声呢！老爷爷看我听得入神，就开心地连吹了三首曲子。为了感谢他老人家，我连续翻了七个筋斗给他看呢。"

"你真唠叨！"盗贼头子不耐烦地说，"然后呢？"

"我说，这真是一支好笛子啊！听见我的赞美，老爷爷就告诉了我制作竹笛的竹子生长在哪里。我去了那个竹林，哇！几百株竹子都发出了沙沙的响声……"

"听说从前竹林里出现过金子的光亮。怎么样，你看到什么金子没有？"

"我顺着河边往前走，来到了一座小尼姑庵，那里正在举行浇花庙会。庙里站满了人，人们都朝那小小的释迦牟尼佛像敬甜茶呢。我也敬了一杯，又饮了一杯。要是有茶碗的话，我一定会给老大您也带回来一杯的。"

"唠唠叨叨的，净是废话。在热闹的人群里，就要好好注意他们的腰包和衣兜啊。真是个笨蛋，你给我回去再看一圈！笛子放在我这里吧。"

角兵卫挨了骂，将笛子放进草丛，就又进了村子。

最后回来的徒弟是刨太郎。

"你这小子，大概也没搜集到什么有用的情报吧！"

"不，我看到了财主，财主啊……"刨太郎兴奋地说。

听到有"财主"，盗贼头子笑了起来："噢，有财主？"

"对，财主，财主！非常有钱的财主！"

"嗯！"

"我来到地主家的客厅里，只见天花板是用日本九州产的杉木做成的。我的木匠父亲要是看到它，一定会兴奋得不得了，我都看傻了……"

说到这里，刨太郎才反应过来，自己是个盗贼啊，怎么能说出这些没出息的蠢话呢。他怖愧地低下了头，不等盗贼头子吩咐，便转身回村子里去了。

"哎呀！真是的！"又只剩下盗贩头子一个人了，他抬起头，仰面躺在草地上，喃喃自语道："想不到当个盗贼的头儿也不容易啊！"

二

忽然，传来了一大群孩子们的叫喊声：

"小偷！"

"小偷！"

"快抓贼呀！"

盗贼头子吓得赶紧站了起来，一时间有点不知所措。虽然只是孩子们的叫喊声，可他做贼心虚，还是吓了一跳。他想都没想，连忙快步跑向了河对岸，钻进草丛里躲藏了起来。

其实呀，孩子们是在玩抓贼游戏呢，他们挥舞着绳子和玩具警棍，风一样地向远处跑去。

"什么呀，原来是小破孩在玩游戏！"盗贼头儿这才松了口气，"可就算是做游戏，也不应该抓盗贼玩儿啊。唉，这帮小鬼啊，实在太不像话了。"

盗贼头子不禁喃喃自语地埋怨着。

这时，背后传来了一个小孩子的声音："叔叔！"

盗贼头儿转身一看，是一个可爱的小男孩，看上去七岁上下，手里牵着一头小牛犊站在那里。看他脸蛋白嫩，手脚干净，不像是普通人家的孩子，估计是哪个地主家的少爷，带着下人到村子里来玩的。不过不可思议的是，这孩子像要出远门似的，脚上穿了一双小草鞋。

"麻烦您帮我看会儿牛……"说着，小男孩把红色的缰绳递到了盗贼头子的手上。盗贼头子张了张嘴，还来不及说点什么呢，小男孩已经头也不回地跑去追赶其他孩子了。

盗贼头子手里牵着缰绳，他看了牛犊一眼，嘿嘿地笑了一下。牛犊大都喜欢乱蹦乱跳的，很不好对付，可这头牛犊却出奇地温驯，它眨着一双水灵灵的大眼睛，安静地站在盗贼头子的身旁。

"哈哈！"盗贼头子不禁开怀大笑了起来。

"这回可以跟徒弟们显摆了。在那帮家伙呆头呆脑地去村子里转悠时，我已经得到这只小牛犊了！"说着，他又嘿嘿地笑了起来，"啊，真逗！怎么笑得眼泪都跑出来了……"

盗贼头子的眼里流出了泪水，怎么也停不下来。

"怎么回事？我怎么流眼泪了呢？"

盗贼头儿确实是哭了，但那却是开心的泪水。一直以来，他受尽了别人的白眼。走在路上，人们看到他，会马上关门闭户，尽可能地远离他。他跟人搭讪，谈笑中的人们也会突然闭口走开。就连池塘里浮在水面的鲤鱼，见到站在岸边的他，都会一转身游回湖底去。甚至连江湖艺人耍的猴子都不搭理他，将他好心送的柿子直接扔在了地上……似乎所有人都讨厌他，没有人愿意相信他，可今天这个穿草鞋的孩子，却把他当成好人，还把牛犊托付给他照看，而且这牛犊也不讨厌他，把他当成了牛妈妈，紧紧依偎在他的身旁。身为一个盗贼，这是他头一次获得这样的尊重！获得别人的信任，是一件多么开心的事呀！

这一刻，盗贼头子的善心似乎又苏醒了。小时候，他也有过美好善良的童心。可他长大以后，心灵就变坏了。今天，他似乎又找回了久违的善良和信任。就像脱下了每天穿惯的脏衣服，突然换上了华美的盛装，心里感觉特别幸福！这就是他泪流满面的原因。

过了不久，天色暗了下来，松蝉停止了鸣叫。从村中升起的白色炊烟，向森林的上空飘来。孩子们互相说"再见"的嬉戏声混杂着其他声音，逐渐飘远了。

盗贼头子思忖，那男孩也该回来了吧。待他回来，我招呼他一声，然后就把这头待见我的好牛犊还给他。

可是，直到孩子们的声音完全消失，那个穿草鞋的小男孩仍然没有回来。

月亮升起来了，就像一面刚磨好的镜子般明亮，照耀着大地。远处的森林里时不时地传来了猫头鹰的叫声。

小牛犊也许是肚子饿了，脑袋朝盗贼头子凑了过来。

"我也没办法啊，我身上没有奶呀！"说着，他拍了拍牛犊长着花斑的后背，眼泪又忍不住流了下来。

这时，四个徒弟都回来了。

三

"老大，我回来了！嘿，这有头小牛犊！哈哈，老大您真厉害啊，我们才去村子里转悠这么一会儿，您就弄到了一头牛啊！"看到小牛犊，釜右卫门满脸惊喜地说道。

盗贼头子怕徒弟们看到他眼中未干的泪水，赶忙侧过身去。

"唉，虽然我很想跟你们炫耀炫耀，可事实并非如此，实在是事出有因啊。"

"哎呀，老大！您怎么哭了啊？"海老之丞开口问道。

"这个……眼泪一流起来就停不住……"盗贼头子说着，赶紧拿袖子擦了擦眼泪。

"老大，告诉您几个好消息！这次我们可是用盗贼的视角，好好地观察了一番。釜右卫门发现五户人家有金茶炉。海老之丞调查了五家仓库的门锁，只要用一根弯曲的钉子就能开锁。木匠出身的我，也发现了五户人家的后门板壁很容易锯开。角兵卫则摸清了五户人家围墙的情况，只要穿上高底木头鞋，就可以跳进去。老大，这回您该表扬表扬徒弟们了吧？"

刨太郎自信满满地说道，可盗贼头儿却没搭理他，而是说："一个孩子拜托我帮他照看这头小牛犊，可那小鬼到现在还没回来。麻烦你们分头去找找，赶紧找到那个孩子。"

"老大，您要把这头小牛犊给送回去？"徒弟们想不明白了。

"是呀！"

"盗贼也这么善良吗？"

"事出有因啊，这回无论如何都得还。"

"老大，您可别忘了我们是盗贼啊！"刨太郎说道。

盗贼头子苦笑着把事情的始末讲了一遍。徒弟们明白了他的心情，便都去寻找那个孩子了。

一路上，他们边走边念叨："一个穿着草鞋，长得很可爱，看起来七岁上下的小男孩。"

四个徒弟记住了这句话，分头去寻找。盗贼头子自己也没闲着，牵着牛专心找孩子去了。

月色朦胧，隐约可以看见野蔷薇和白色的卯月花。五个盗贼牵着一头小牛犊，边走边找那个小男孩。

或许孩子们捉迷藏的游戏还在继续，他们说不定还躲藏在什么地方呢。盗贼们经过了有猫头鹰叫的佛堂，走过了柿子树前，穿过库房，甚至去飘香的蜜柑林深处四处寻找打听。

可是，谁也没见过那个孩子。村民们点上灯笼，借着火光照了照小牛犊，都说从未在附近见过它。

"老大，都大半夜了，找了这么长时间也没找到，干脆算了吧。"锁匠海老之丞看起来十分疲倦，他一屁股坐到路旁的石头上说道。

"不，这孩子这么信任我，无论如何都要找到他，把牛犊还给他！"盗贼头子依旧坚持自己的意见。

"没法子了，只能这样了，到村吏那儿报警吧。可是老大，您不会愿意去那里吧？"釜右卫门说。所谓的村吏，按照现在的说法，就是驻在村里的警察。

"嗯，只能这样了吗？"

头儿考虑了一会儿，用手摸了摸小牛犊的额头，说道："好，就去那里看看吧！"

说完，他就迈步出发了。

徒弟们大吃一惊，却只得无奈地跟在了头儿的后面。

他们来到了村吏家，眼前的村吏是一位老人，戴着一副快要从鼻梁上掉下来的老花镜。盗贼们暂时放下心来，暗想：照这样看，哪怕出了什么问题，只要把这老头推倒，也照样可以撒腿逃跑。

盗贼头子向老人讲了事情的来龙去脉，又说道："现在我们找不到那孩子了，实在是很为难啊！"

老人打量了一下眼前这五个人，问道："你们五个不像是这一带的人啊，你们是从哪儿来的呀？"

"我们从江户来，要去西边。"

"你们该不会是盗贼吧？"老人问道。

"这怎么可能呢？我们几个都是走江湖的手艺人，有锅匠、木匠，还有修锁匠……"盗贼头子慌慌张张地回答道。

"不好意思，是我说错话了，实在是抱歉啊。你们肯定不是盗贼，盗贼才不会送还东西呢！肯定偷偷把东西藏起来。你们好心好意把牛犊送到这儿来，我还说了难听的话，真是当官差当惯了，总是疑神疑鬼的。一看到陌生人，就怀疑人家是不是骗子啊，是不是小偷啊。请你们千万别介意啊！"

老人解释了几句，真诚地向他们表达了歉意，并吩咐仆人收下牛犊，把它送到仓库那边安顿好。

"大家都累了吧？刚好西公馆的太郎先生送我一瓶好酒，本打算一边赏月一边喝呢，正好你们来了，一起陪我喝几杯，怎么样？"

善良的老人说着，领着五个盗贼来到了房檐下的走廊。

大家坐下来在一起喝酒，五个盗贼和一个村吏如相识十年的老朋友一般，开怀畅饮，谈笑风生。

这时，盗贼头儿不禁又鼻子一酸，潸然泪下。

老人看见了，开口笑道："我看你是个一喝酒就爱哭的主儿啊。不过我可是一喝酒就会发笑，见了流泪的人，就格外想笑了，我笑出声来，你可别介意啊！"

"唉！眼泪这东西，一流起来就没完没了啊！"盗贼头子眨着眼睛说道。

最后，五个盗贼起身向老人道谢，告辞离开了。

出门之后，几个人走到路边的柿子树下时，盗贼头子好像又想起什么，停下了脚步。

"老大，难道忘了什么东西吗？"刨太郎问道。

"是呀，忘了，你们也跟我一起回去吧。"

说完，头儿又领着徒弟们回到了村吏家。

"老大哥！"盗贼头子把手扶在房檐下面的台子上，

对老人说。

"怎么啦？一副愁眉苦脸的样子，是要把一喝酒就爱哭的原因透露给我吗？哈哈……"

老人哈哈大笑起来。

"跟您实话实说吧，我们都是盗贼。我是老大，他们是徒弟。"

一听这话，老人十分惊讶，瞪圆了眼睛。

"老人家，您感到吃惊也是很正常的。我本来没想把实情告诉您的，可是您心地善良，把我们当好人看待，我就没法再向您隐瞒了。"

盗贼头子坦白了他迄今为止做过的所有坏事，最后恳求道："可是，他们几个人是昨天刚刚入伙的，什么坏事都没做过。还请您宽恕他们吧！"

第二天一大早，修锅匠、锁匠、木匠和小艺人都起身离开了花木村，各奔东西了。四个人安静地往前走着，他们回顾着盗贼头儿的所作所为，一致认为盗贼头子其实是一个好人，所以要牢记他的叮嘱：

"以后绝对不能当盗贼了！"

"一定要遵守诺言啊！"

角兵卫从河边草地上拾起笛子，一边呜呜地吹，一边向远方走去。

四

　　从此，五个盗贼都改邪归正了。可是，之前那个牵
着牛犊的小男孩究竟是谁呢？花木村的村民们，四处寻
找这个孩子，是他将村子从盗贼手中拯救出来的，却怎
么也没找到。最后，他们得出了这样一个结论——男孩
也许就是那个立在土桥头的地藏菩萨吧，证据便是他脚
上穿着草鞋。

　　不知怎的，村民们经常给地藏菩萨施舍草鞋，而恰
好那一天，地藏菩萨换上了一双崭新的小草鞋。

　　地藏菩萨也要穿草鞋走路虽然是件很奇怪的事情，
可世上偶尔发生这样奇妙的事也挺好的啊。况且，这件
事也过去很久了，到底是怎么回事也说不清楚了。不过，
如果这件事真的发生过的话，那也是由于花木村的村民
们心地善良，所以地藏菩萨才会把他们从盗贼手中救出
来。这样看来，唯有心地善良的人，才能生活在这样的
村庄啊。

爷爷的煤油灯

跟小伙伴玩捉迷藏游戏时，东一在仓房角落里找到了一盏煤油灯。

那盏煤油灯的外形比较少见。灯台是用一根约一米长的粗竹筒制成的，上面罩着一只精致的玻璃灯罩，灯罩里还有个小小的灯芯，不仔细看的话，根本看不出它是一盏煤油灯。

起初大家都还以为这是支老式步枪呢。

"这是啥东西啊，是支步枪吧？"正蒙着眼睛捉人的宗八说道。

就连东一的爷爷最初也没看清楚这是什么东西，他老人家戴上老花眼镜仔细地察看了一会儿，才认出来那是盏煤油灯。接着，爷爷就开始数落起小朋友们："你们这帮小鬼呀，看看你们都翻腾出了什么！玩个捉迷藏，到处乱折腾，跟贼猫似的。好了，把煤油灯还给我，去外面玩吧！外面不是有电线杆之类的吗，够你们玩游戏的了！"

204

挨了骂的东一和其他小朋友们都知道自己做错事了，一个个没精打采地溜了出去。

屋外，春风吹起了路上的尘土，一只白色的蝴蝶扇动着翅膀从慢悠悠的牛车后边飞过。东倒西歪的电线杆立在路的两边，可孩子们才不愿意乖乖听大人的话呢，在他们看来，围着电线杆玩多没意思呀。

于是，孩子们向广场那边跑去，兜里的玻璃球哗哗直响。不一会儿，玩得入迷的孩子们便完全忘记了煤油灯的事。

傍晚时分，东一回了家，看到那盏煤油灯被爷爷摆在了客厅的角落里。可若是再提煤油灯的事，爷爷不免又得唠叨一番，因此东一便没说什么，默默地吃完饭，和往常一样百无聊赖地闲溜达起来。他一会儿倚在屋子里面的衣柜上拽抽屉玩；一会儿跑到店铺里，目不转睛地盯着一位蓄着小胡子的农校老师跟老板订购书籍。书的名字好难记啊，好像叫作《萝卜栽培技术之理论与实践》。

实在是没什么可玩的了，他只得又悄悄溜回客厅。趁爷爷不在屋里，偷偷端详起这盏煤油灯来。摆弄一下灯罩，再拽拽扳手和灯芯，那扳手有五分钱那么大呢。

当东一鼓捣得正起劲的时候，爷爷进来了。可爷爷这回并没有训斥他，而是叫人沏了杯茶，然后抽出烟袋嘴，对东一说："东一啊，爷爷一直对这盏煤油灯有着很深的感情。可惜时间太长了，差点将它忘记了。今天你从仓库里把它倒腾出来，让爷爷又回忆起了往事。像爷爷这样上了岁数的人，看到从前的旧东西，别提有多怀念啦。"

东一愣了一下，之前玩捉迷藏的时候爷爷就发了火，这回还不得更生气啊？没想到爷爷竟然是因为看到旧东西而感到高兴。

爷爷笑着说："孩子，过来坐吧，听爷爷讲讲以前的故事。"

东一爱听故事，便乖乖地来到爷爷面前坐下，但他觉得这样像是在受训似的，便又换了一个听故事时的姿势，趴在铺上，翘起两腿，两只脚不时地互相碰来碰去。

爷爷给东一讲起了从前的故事。

五十多年以前，正值日俄战争时期。岩滑新田村有一个十三岁的少年，名叫巳之助。

巳之助自幼父母双亡，身边也没有其他兄弟姐妹，是一个可怜的孤儿。他为了能在村里留下来，什么活儿都干，比如给别人家当跑腿的伙计，或者帮人家哄小孩儿，帮别人捣米之类的。

但说实在的，他其实并不愿意像这样靠给别人打零工来讨生活。他常想，作为一个男人，就这么一直给别人带孩子、捣米，实在不是长久的营生啊！

是男人就应该打拼出自己的一番事业来。然而巳之助现在连糊口都成问题，如何能够出人头地呢？他甚至连买书的钱都没有，而且就算他买了书，也无暇去看。

巳之助在暗中寻找着出人头地的机会。

某个夏天的午后，有人拜托巳之助帮忙拉人力车。

那时的岩滑新田常需要两三个拉人力车的车夫。从名古屋方向过来想去海边玩的游客，大多乘火车到半田下车，再搭乘人力车，从半田赶到知多半岛西海岸的大野镇或新舞子去，而岩滑新田正好就位于这条路的沿线上。

人力车需要靠人来拉，所以跑的速度并不是很快。加上岩滑新田和大野镇之间有一座山岭隔着，就更加费时间了。更何况，那时候的车轮还是笨重的铁轮，转起来嘎吱嘎吱地响。因此，赶路的客人若是着急，就会出双倍价钱，雇两个车夫来拉车。这次也是一位急于赶路的避暑游客雇用了巳之助来拉车。

烈日炎炎，巳之助将拉车的绳索搭在肩头，一边吆喝着，一边费力地在路上奔跑起来。一般来说，第一次干这活儿会感觉很辛苦，可巳之助不但不叫苦，反而对这份活计充满了好奇心。因为自他懂事以来，还从未走出过村庄半步，也不知道山岭那边的城镇是个什么样儿，住着哪些人家。

傍晚时分，巳之助拉着人力车跑到了大野镇，暮色中晃动着一个个灰白色的人影。

这是巳之助第一次来到大野镇，一家家大商店里面各类商品琳琅满目，一下子就把他吸引住了。巳之助所在的村子里只有一家小商店，卖些点心、草鞋、纺线，以及治病膏药、用贝壳包裹的眼药之类的日常用品。

然而最让巳之助感到新奇的是，大商店里点着一盏盏如同花朵般美丽的玻璃罩煤油灯。巳之助村里的好多人家夜里都不用灯，一到晚上，村民们就得像盲人般在一片漆黑中摸索着找水缸、石磨以及顶梁柱什么的。富裕人家使用的照明工具，还是娶媳妇时当嫁妆带过来的灯笼。这种灯笼的灯罩呈四方形，用纸张糊成，里边有个小碟装着灯油，小碟边上伸出一根灯芯，亮着如同樱花花骨朵般小小的火苗，发出微弱的光亮，照在四周的灯罩上。可这些灯笼再亮也赶不上大野镇的煤油灯那么明亮。

更何况，煤油灯的灯罩使用了当时还很罕见的玻璃，相比容易熏黑弄破的纸灯笼，真是强太多了。

在巳之助的眼中，这些煤油灯将整个大野镇照得亮如龙宫。他都有些不想回村子里了，是啊，谁愿意从明亮的地方再回到黑暗中呢。

巳之助收下了十五个铜板的拉车费，告别了人力车，然后就像个醉汉似的在镇上转了一大圈。他陶醉在这座海边小镇中，商店里琳琅满目的商品和漂亮的煤油灯让他流连忘返。

巳之助看到：和服店的老板在煤油灯下，向客人展示用山茶花染出的绸缎；稻米店的伙计们在煤油灯下，从红豆堆里把不好的红豆一粒粒地挑出去；一户人家的女孩子在煤油灯下，摊开白色的贝壳，玩起了弹珠游戏；还有一个商店的店家在灯下，将一颗颗细小的珍珠串成念珠……在煤油灯那蓝幽幽的光芒中，人们都好像生活在如梦似幻的世界里，实在美好至极。

巳之助以前无数次听说"文明开化世界"的说法，可直到今天他才深刻地懂得了文明开化的真正含义。

他继续往前走去，来到了一家摆着各式煤油灯的专卖店。

尽管手里只有十五个铜板，巳之助在犹豫了好半天之后，还是下决心走进店里。

他用手指了一下："我想买那个东西！"他那时还不知道"煤油灯"这个词呢。

老板将巳之助中意的那盏煤油灯拿了出来，然而十五个铜钱却不够买下它的。

"可以便宜一点吗？"

"不行。"店主回答。

"用批发价卖给我吧？"

巳之助总云村里的杂货铺推销他编的草鞋，了解买卖价格有两种：批发价和零售价，批发价比零售价低不少。比如，村里的杂货铺买进巳之助的葫芦状草鞋时，以每双一个半铜板的批发价收鞋，然后卖给人力车夫时，就使用零售价格——每双两个半铜板。

煤油灯店的老板没想到这个素未谋面的小伙子会说出这样的话来，他有些惊讶地盯着巳之助，说道："你说要用批发价？批发价只能卖给煤油灯的经销商，可对于普通客户，就不能按照批发价卖货了。"

"您的意思是说，如果我是经销商，您就可以按批发价把煤油灯卖给我？"

"是啊。"

"好啊，我就是卖灯的经销商，您就按批发价卖给我吧。"

"你真的是卖灯的？哈哈。"老板不禁开怀大笑。

"老板，是真的，我打算以后就卖煤油灯了。我拜托您这次先按批发价卖给我一盏，以后我一定会来您这买很多煤油灯的。"

老板笑着点头，不禁被巳之助真诚的话语打动了，特别是当他知道了巳之助可怜的身世后，说道："既然这样，那就按批发价卖你吧，其实就算按批发价来卖你这十五个铜板也不够，不过我佩服你真诚的态度，索性赔钱卖了。

你可要好好经营店铺，多从我这里进货啊。"

巳之助跟老板学习了煤油灯的使用方法，然后他提着灯，快步跑回了村子。

那盏花朵般的煤油灯为巳之助照亮了归途，哪怕是经过黑暗的灌木丛和松树林，他也丝毫不感到胆怯。

与此同时，巳之助的心里还亮起了另外一盏明灯，那是一盏充满了希望的明灯——他希望把进步的文明带到黑暗落后的村庄里去，从此彻底照亮人们的生活！

起初，巳之助的新生意比较惨淡，因为村民们对于新生事物都抱着不相信的态度。

思来想去，巳之助只好拿着那盏煤油灯来到了村里的杂货店，答应免费把煤油灯借给老板用上一段时间。

杂货店的老板娘总算是答应了这件事，她在店里的顶棚处钉了个钉子，挂起了煤油灯，晚上就用它来照明。

约莫过了五天，巳之助又去店里推销草鞋的时候，杂货店的老板娘兴奋地对他说："这煤油灯可真好用，照得屋里特别亮堂，这下晚上也有客人来买货了，还不用担心找错钱。"

老板娘还说，村里人终于都知道了煤油灯的优点，他们已经向巳之助订购了三盏煤油灯。听到这个消息，巳之助兴奋得差点跳了起来。

于是，巳之助从杂货店拿到煤油灯的订购款和卖草鞋的钱之后，就赶紧来到了大野镇的煤油灯店。他向老板说明事情的缘由，暂时先赊了一部分账。很快就将三盏煤油灯送到了订货人手中。

就这样，巳之助的煤油灯生意一点点好了起来。

起初，他是按照客户的订货量去大野镇进货。慢慢有了结余之后，即使没人订购，他也会备上一些货。

这时候，巳之助埋头于煤油灯的生意，不再帮别人跑腿儿和哄孩子了。他制作了一辆晾衣台般、带有围栏的板车，上面挂满了煤油灯和灯罩，然后推着它去本村或附近的村落推销，玻璃灯罩互相碰撞，发出轻微的响声。

巳之助挣了不少钱，更重要的是，他在这门生意中寻找到了乐趣。以前漆黑一片的房屋，逐渐被巳之助卖的煤油灯照亮了。他认为是自己为那些家庭点燃了文明开化的光明之火。

巳之助渐渐长大成人了。过去他没有自己的家，暂住在乡长家的一个仓房里。现在有了钱，他盖了自己的房屋，经媒人介绍娶了媳妇，成了家。

有一天，他在邻村推销煤油灯时，提起了从前乡长说过的一句话："有了煤油灯，在灯下将报纸摊开在铺席上也能看得很清楚。"一位顾客问道："是真的吗？"巳之助不喜欢说谎，便决定自己亲自试试。他从乡长那里要来了几张旧报纸，在煤油灯下摊开来看。

乡长说的没错，报纸上的小字在煤油灯下都能够看得一清二楚。巳之助自言自语地说："我做生意从不说谎呀。"尽管灯光下的字迹看得清清楚楚的，可这对巳之助来说却没有任何用处，因为他不认识上面的字。

"煤油灯可以让我在黑暗中看清东西，然而，不认识字的话，还算不得真正意义上的文明开化。"巳之助说道。

从此，他每晚都去乡长那里学习认字。

巳之助很努力，一年之后就能读报纸了，丝毫也不比村里小学毕业的人差。

后来，他又学会了读书。

时光飞逝，转眼间巳之助已经变成了一个中年人，膝下还有一双子女。他常想，自己虽然算不上大富大贵，可也是能够自食其力养家糊口的。每每想起这些，他的心里便充满了幸福感。

有一天，巳之助去大野镇采购煤油灯的灯芯，看到路旁有五六个工人在挖坑，把一根根又粗又长的杆子埋到了地下。杆子的上头固定着两根手臂般的横木，上面还有若干个像瓷不倒翁似的东西。他很纳闷：这些杆子是做什么用的？为什么要把这些怪物立在路边呢？他继续往前走了一段，又发现了一根类似的高杆子立在那里，还有几只叽叽喳喳的麻雀落在那上面的横杆上。

此后路边每隔大约五十米左右的距离，就会立上这样一根怪模怪样的杆子。

巳之助忍不住问了一下面条店正在晒面的老板，才知道这东西叫作电线杆，有了它以后就要使用电灯了，再也不用点煤油灯了。

巳之助没太弄懂，因为他根本不了解电是怎么回事。如果电能代替炼油灯的话，那么电难道也是一种灯？既然是灯，在家里点上不就得了，为什么非得在路边竖起那么多根奇怪的杆子？

一个月过后，巳之助再次去了大野镇，只见之前立起的粗杆子上面又拉起了几条黑线。黑线在横木处的瓷不倒翁脖子上绕了一圈，又搭向下一根杆子，并以此类推地延续下去。

若是仔细查看，就会发现每根杆子的瓷不倒翁上总会分出两根黑线，与住户的房檐连接到一起。

"哼，还以为电能给人照明呢，不就是根绳子吗？好一个麻雀和燕子落脚休息的地方啊！"

巳之助一边嘲笑着，一边走进了他常去喝酒的那家甜酒屋。只见原来吊在屋顶正中的那盏大煤油灯，被放到了墙边的角落里，取而代之的是一盏奇形怪状的灯，被一根从天棚那边伸过来的绳子吊着，它看起来比煤油灯要小，里边也没有装煤油。

"发生了什么事？为啥吊了这么个怪怪的东西，原来的煤油灯出什么问题了吗？"巳之助问道。

"这是才装上的电灯，真是既方便，又明亮，而且十分安全，连火柴都不用划呢。"甜酒店老板回答道。

"可是，挂着这怪怪的东西，客人就不知道这里是甜酒屋了吧，顾客会减少的吧？"

甜酒店老板想起巳之助就是经营煤油灯的，便不再说电灯的好处了。

"喂，我说老板，你看天棚那里，长年挂着煤油灯的地方被熏得漆黑，这说明煤油灯已经使用得有年头了。你怎么能因为有了所谓更便利的电灯，就把煤油灯丢在墙角里呢？看着真让人不舒服啊。"

固执己见的巳之助死守着煤油灯，无论如何都不愿意承认电灯的好处。

但当夜晚来临时，巳之助还是感到了震惊。没用一根火柴，甜酒屋就亮得好似白昼一般。惹得巳之助不得不转头看过去。

"这回知道电灯了吧，巳之助。"

巳之助咬牙切齿地盯着电灯看，那严肃的神情简直就像是在看敌人一般。他盯得太久，以至于眼睛都看酸了。

"巳之助啊，说真的，这电灯确实比煤油灯好太多了，不然你去门外看看吧。"

巳之助闷闷不乐地打开门，向街上看去。路边挨家挨户都点着和甜酒屋一样的电灯，屋里多余的光芒照亮了街道。这灯光让巳之助感到刺眼，因为他早已习惯了煤油灯的光亮。虽然他有些难过，可还是坚持看了一阵子。

他思忖着，煤油灯的强敌来了。以前巳之助总是把"文明开化"的字眼挂在嘴边，可他如今去想不明白一个道理，原来电灯是比煤油灯更加文明开化的工具。不过，即使是非常聪明的人，在遭遇即将失业的困境时，往往也很难做出正确的抉择。

巳之助暗暗惶恐起来，要是哪天村子里也通了电，那么村民们恐怕也会像甜酒屋老板一样，将煤油灯丢到角落，或者扔到仓房的隔层里去吧。那样的话，他的煤油灯的生意不就没法做了吗？

不过，想当初为了让村里人用上煤油灯都费了好多口舌，他们大概对电灯也会感到犹豫，不会轻易接受的吧。想到这里，巳之助悬着的心又安定下来。

可是过了没多久，就听人们议论说，村里马上就要召开决定通电与否的会议了。听到这个消息，巳之助仿佛挨了当头一棒，看来劲敌终于找上门来了。

巳之助有些坐不住了，他开始在村子里面散布反对电灯的谣言。

"电是要从山那边用长电线引过来的呀，到了深更半夜，山里的狐狸之类的就会顺着电线进村，糟蹋附近的庄稼地哩！"

为了守住他熟悉的煤油灯生意，巳之助编了一些荒唐的谎话。不过每次他说这种话时，也觉得有些内疚。

村委会开完了，决定不久之后就在岩滑新田村里通电。巳之助听说这个消息后，又受到了沉重的打击。他想，总这样遭受打击的话，他的脑袋瓜准会出问题的。

果然，巳之助的头脑犯毛病了。自从开完村委会之后，巳之助一病不起，在床上蒙头躺了三天，然后脑子就出了毛病。

他将怨恨都归结在了村委会主持会议的乡长身上。于是他开始寻找怨恨乡长的种种理由。通常来说，即便是头脑正常的人，在遭遇生意失败的紧要关头，也很有可能会失去正确的判断，然后无凭无据地将怨恨发泄到某个无关人士的身上。

夜晚，月光照在了油菜花地上。不知从哪个村子里传出了迎春的微弱鼓声。

巳之助走了小路，一会儿跟黄鼠狼似的，弓着腰穿过排水沟，一会儿又像丧家犬般穿过灌木丛，向前跑去。人只有不想被别人发现行踪的时候，才会这般偷偷摸摸的。

由于之前在乡长家暂住过一段时间，所以他很熟悉乡长家的地形。刚出门时，他就想好了，草房顶的牛棚里是纵火的最佳地点了。

屋子里的人都睡着了，四下万籁俱寂，牛棚也静悄悄的。虽然安静，但还是无法确定牛睡没睡着，因为牛不论是睁眼还是闭眼，总是那么安静。哪怕牛睁着眼睛看到了放火的人，它们也不会怎么样的。

巳之助没带火柴，带的是火柴时代以前使用的打火石。他出家门时在灶台附近摸了半天也没找到火柴，便将顺手摸到的打火石带了出来。

巳之助开始用打火石点火，可由于周围比较潮湿，他半天也没把火点着。巳之助心想，这打火石可真没用，不仅打不着火，反而发出了好大的声音，险些吵醒睡梦中的人。

"废物！"巳之助骂道，"眼下要是有火柴就好了，这打火石看样子是太陈旧了，已经不合时宜，关键时刻不顶用啊。"

说着，巳之助不禁又喃喃自语了一遍。

"太陈旧了，不合时宜，关键时刻不顶用……关键时刻不顶用……"

此刻，皓月当空，巳之助瞬间因自己的这句话而恍然大悟。

他终于意识到，原来是自己错了！

煤油灯是旧时代的工具了，而社会是不断发展进步的。巳之助啊巳之助，你作为这社会的一员，应该为文明的进步而感到骄傲啊。难道只是因为怕影响自己的生意，就要做阻碍社会发展的事情吗？难道就要平白无故地去怨恨别人吗？竟然还要放火，天哪，这哪是堂堂男子汉该有的作为啊，实在太丢脸了。既然社会进步了，那我也该像个男子汉那样，鼓起勇气放弃原来的生意，改为从事有利于大家的新行业啊！

巳之助赶紧跑回到家里。

之后又怎么样了呢？

他唤醒了熟睡中的妻子，让她把家里所有的煤油灯都注满了煤油。

妻子不知道他大半夜的要做什么，可巳之助一句话也没说，因为他很清楚妻子若是知道了他要做的事情，肯定会阻止的。

家里大概有五十盏各式各样的煤油灯，都注满了煤油。他像往常卖货时一样，把煤油灯挂在车上，然后就推车出了家门。这次他带上了火柴。

他推车来到西边山坡处，路边有一个叫作半田池的大水塘。春光无限，水塘在月光下如银盘般熠熠闪光。赤杨和垂柳屹立在水塘岸边，俯身望着池水。

巳之助挑了这么一个人烟稀少的地方。

他究竟要做什么呢？

　　巳之助用火柴点燃了煤油灯。每点亮一盏，他就把它挂在水塘岸边的树枝上，最后，所有的煤油灯不论大灯小灯全都挂在了树上，整整挂满了三棵大树。

　　夜很安静，风也轻柔。五十盏煤油灯安静地燃烧着，周围亮得如同白昼一般，小鱼儿追随光亮而来，在水塘中泛出刀子般的幽光。

　　"我的煤油灯生意，永别了！"

　　巳之助喃喃自语道。他长久地望着这些挂满了煤油灯的树，久久不愿离去。

　　煤油灯啊，煤油灯，无限怀念的煤油灯，故友般的煤油灯。

　　"我的煤油灯生意，永别了！"

　　接着，巳之助来到了水塘对面的路上。对岸的一盏盏煤油灯倒映在水中，流光溢彩，分外耀眼。巳之助一动不动地站在那里，凝望了许久许久。

　　煤油灯啊，煤油灯，让人无限怀念的煤油灯。

　　巳之助俯身捡起一块石头，朝着最大的那盏煤油灯用力投掷过去。"啪"的一声，最大的那盏灯灭了。

　　"社会在不断进步，煤油灯的时代过去了！"

　　说罢，巳之助又拿起一块石头。瞄准第二大的煤油灯，同样伴随着"啪"的一声，第二大的那盏灯也熄灭了。

　　"社会发展了，电灯时代来临了！"

打破第三盏煤油灯时，巳之助的眼里噙满了泪水，再也无法瞄准煤油灯了。

就是这样，巳之助告别了从事多年的煤油灯生意。他振作精神，转行在镇里开了一家书店。

"如今的巳之助也还在经营着书店，不过他岁数大了，书店的业务都是儿子在打理了。"

东一的爷爷讲完了故事，喝了一口早已变凉的茶水。原来他老人家就是故事里的巳之助。东一惊讶地望着爷爷的脸。不经意间，东一又坐到了爷爷的面前，还多次把手放在了爷爷的膝盖上。

东一对爷爷说："那剩下的四十七盏煤油灯呢，后来到哪里去了呀？"

"不清楚啊，大概是天亮后有人见到，拿走了吧。"

"家里连一盏煤油灯都没了？"

"是啊，一盏都没剩下，除了这一盏。"

爷爷瞧了一眼东一白天翻出来的那盏煤油灯。

"那可太吃亏了啊，四十七盏灯都被人家拿跑了。"东一说。

"是啊，亏大了，现在想来，其实也没必要非得那么做。岩滑新田通了电之后，这五十盏煤油灯也照样能卖出去的。据说岩滑新田南部一个叫作深谷的小村庄，到如今还在用煤油灯呢。其他的村子通电也比较晚。可我那时候血气方刚，没想太多，冲动之下就把那些煤油灯都给毁了。"

"爷爷你太鲁莽了！"

作为孙子的东一讲话并不客气。

"现在看来是有些鲁莽，不过，东一呀……"爷爷用手抓了一下放在膝盖上的烟袋杆，说道，"爷爷当时是有些过于冲动了，不过爷爷可以毫不客气地说，我那种告别煤油灯生意的做法可是相当潇洒的。爷爷想告诉你的是，社会在不断进步，既然煤油灯的生意已经落伍了，不合时宜了，就该痛痛快快地放弃它。不能因循守旧，憎恨令社会进步的新事物，这样没志气的事情，爷爷再也不会做了。"

东一沉默了，端详着爷爷那瘦瘦的却神采飞扬的脸，好一会儿才说道："爷爷您可真是个有魄力的人哪！"

东一又看了看那盏旧煤油灯，如同在看他最亲近的伙伴。